Armin Bollinger

# Drei Körner von gelbem Mais

Armin Bollinger

# Drei Körner von gelbem Mais

## Geschichten aus Südamerika

Im Waldgut

Die Geschichten aus
*Drei Körner von gelbem Mais*
erscheinen in 2. Auflage,
die aus *Die Botschaft des Quipu*
in 4. Auflage

Umschlagfoto von Pio Corradi


Druck Willy Dürrenmatt AG, Bern
Printed in Switzerland
ISBN 3 7294 0009 6

Verlag Im Waldgut, Postfach 108
CH-8636 Wald

# Inhalt

# *Drei Körner von gelbem Mais*

# José Maria

«¿El Señor quiere una naranjada?» fragt der Junge und hält sein ausdrucksloses Gesicht empor.

Ein Orangengetränk? Nein, nein! Wer weiss, woher die Verkäufer das Wasser bezogen haben. Sicher ist es voller Mikroben und macht uns Europäer krank.

Die dunklen Augen des kleinen Verkäufers wollen sich nicht abwenden. Geh endlich weg, denke ich, und störe mich nicht alle Stunden mit deiner immer gleichen Frage. Ich bin müde und versuche auf der harten Holzbank ein wenig zu schlafen. Langsam fährt der Zug weiter, vorbei an dürren Grasbüscheln und verstaubten Kakteen. Hier hat es viele Monate nicht mehr geregnet, geht es mir durch den Kopf, und ich blicke durch die Fensterscheiben auf ein weitausgedehntes Flachland. Die gelbe Sonne zeichnet die Sprünge der Fensterscheibe, als habe eine Spinne ein schwarzes Netz über das schmutzige Glas gespannt. Meine Lippen sind völlig ausgetrocknet. Die Zunge fühlt sich am Gaumen wie Leder an.

«Will der Herr nicht ein Getränk?» fragt der Junge und schreckt mich wieder aus meinem Halbschlaf auf.

Stumm schüttle ich den Kopf. Der Kleine bleibt stehen. Er ist zwölf Jahre alt, so hat er mir vor einigen Stunden gesagt, und befindet sich mit seinen Leuten in einem Viehwagen. Es sind zigeunernde Indios, die mitreisen und durch ihre Kinder einen kleinen Handel betreiben. Ohne Regung ist mir das Gesicht zugewandt, ausdruckslos, beharrlich, mit dem anklagenden Blick seiner Rasse. Die Augen scheinen dunkler und grösser zu werden.

Ich versuche dem Blick auszuweichen und betrachte die Landschaft, deren Bäume und Büsche in den Staubwolken des Zuges sich zu unwirklichen Formen auswachsen. Neben mir steht das Kind und schweigt. Es geht nicht weiter, wartet und blickt mich an. Ich muss das Taschentuch hervorziehen, um mich vor der grossen Staubwolke zu schützen, welche durch die Löcher der

Fensterscheibe auf mich zukommt. Während ich die Tränen abwische, betrachte ich mit einem Seitenblick den Jungen. Sein in Weiss getauchtes Gesicht bleibt unbeweglich, und seine Augen tränen nicht. In der Hand hält José Maria einen Becher, den er aus dem Traggefäss gefüllt hat.

«¿El Señor es norteamericano?» fragt der Kleine.

«Nein, ich komme aus der Schweiz, einem kleinen Land, weit weg von hier. Es ist ein Land, das Berge hat, wie Bolivien auch, hohe Berge, grüne Wälder und viele Menschen», sage ich, Menschen, die arbeiten und sauber sind, denke ich. Das Gesicht bleibt ohne Regung. Noch immer hält der Kleine den gefüllten Becher in der Hand. Ein Hemd und eine lange Baumwollhose sind seine einzige Bekleidung. Die weisse Hose ist voller Flecken, und die Füsse sind schmutzig. Ich betrachte die beiden grossen Zehen, und wieder einmal fällt mir die dunkle Farbe auf. Dunkle Haut, Farbhaut, Rothaut, Indio wandle ich in Gedanken die Wortgruppe ab.

«Also, gib her», sage ich schliesslich und bezahle die verlangte Summe. Später kann ich das Getränk immer noch zum Fenster hinausgiessen. Das Kind geht nicht weiter, und ich bin gezwungen, den Becher in der Hand zu halten.

«Ich habe noch nie einen Schweizer gesehen», sagt der Kleine und spricht das Wort «suizo» richtig aus. Unsere Unterhaltung macht mir einige Mühe. Die spanischen Sätze sind mit Ausdrükken aus einem indianischen Idiom vermischt.

«Woher kommst du?» frage ich und erhalte eine unbestimmte Armbewegung als Antwort. Das Halten des Bechers ist mir beschwerlich. Ich habe jedoch nicht den Mut, das Getränk vor den Augen des Kindes wegzuschütten. Schliesslich trinke ich und spüre eine angenehme Erfrischung. Wieder bin ich eingeschlafen und träume von einer ruhigen, grünen Landschaft. In meinem Halbschlaf bemerke ich, dass die Staubwüste einer grasüberzogenen Pampa gewichen ist.

«Ein Getränk für den Herrn?» fragt der Junge, und wieder beginnt eine Art Unterhaltung, die aus einigen Wortfetzen besteht.

«Viele Kinder in der Schweiz?»

«Ja, wir haben auch Kinder, weniger als hier, und alle gehen in die Schule.»

«Kannst du lesen und schreiben?» frage ich.

Ein Kopfschütteln ist die Antwort. Schliesslich bezahle ich für ein neues Getränk, bedeute jedoch dem Kleinen, dass er für mich trinken soll. Auf seine Verneinung hin trinke ich selbst und versuche, wieder einzuschlafen. Mehr als drei Tage schon bin ich unterwegs. Der Zug fährt weiter, langsam und gleichmässig, seinem Ziel entgegen. Wenigstens kann ich die Bank für mich allein benützen. Das ist auch der einzige Vorteil der ersten Klasse. In den andern Wagen sind selbst die Gänge durch liegende Reisende und deren Gepäck belegt. Mit der Zeit erfahre ich, dass José Maria noch sieben Geschwister hat und bei einem Onkel lebt. Seine Eltern sind gestorben oder verschwunden — den genauen Sinn kann ich nicht verstehen.

«Fährst du oft mit diesem Zug?»

Wieder die unbestimmte Bewegung mit der rechten Hand, die in die Ferne zu weisen scheint.

Jedesmal hielt nun das Kind bei mir an, nicht mehr um zu verkaufen, sondern um mich lange anzublicken.

«Bleibt der Señor lange in Bolivien? Arbeitest du hier, und reisest du immer allein?» Am Ende unseres Gesprächs bot er mir ein Getränk an und verweigerte die Bezahlung. Ich schenkte ihm zur Erinnerung eine kleine Fahne. Das rote Fähnlein machte ihm sichtlich Freude. Er band das Tuch um seine Schultern, und erstmals erschien in seinem dumpfen Gesicht eine Art Lächeln. Immer noch fuhr der Zug weiter, Santa Cruz entgegen.

Wieder hatte ich lange geschlafen, als ich leicht gerüttelt wurde und das Kind vor mir stehen sah. José Maria flüsterte mir einige Worte zu, aber ich konnte nichts verstehen. Mit einer bestimmten Handbewegung deutete er an, dass ich den Wagen verlassen sollte. Erst jetzt bemerkte ich, dass der Zug stehengeblieben war. Verwundert schüttelte ich den Kopf, doch das Kind ergriff meinen Koffer und zog mich an der Hand mit sich fort. Ich folgte dem Kleinen, vorbei an den Reisenden des Abteils: einigen Geschäftsleuten mit ihren Frauen und einem Obersten, der von seinem uniformierten Burschen begleitet war. Am Ausgang des Wagens hielt ich an. Die Gegend war in undurchdringliche Finsternis getaucht, nur das Innere des Zuges mit seinen Menschen bot mir Schutz. Die schwache Beleuchtung vermochte nicht nach aussen zu dringen. Wenn ich nun im Nachtdunkel niedergeschlagen und ausgeraubt würde? Das Kind hielt meine Hand umklammert und zog mich die eiserne Treppe hinunter.

«¿Adònde vamos?»

«Para atrás — nach hinten . . .» Wir tappten dem Zug entlang, stolperten und schlugen gegen die Wagenseiten. Mein Begleiter keuchte. Der Koffer war schwer, und ich liess mich mehr ziehen, als dass ich aus eigenem Antrieb folgte. Endlich war die Silhouette des letzten Wagens wahrnehmbar. Wir hielten an und schwangen uns auf das Trittbrett. Im Abteil fehlte die Beleuchtung. Ich bemerkte schliesslich, dass der Junge auf der letzten Bank Platz genommen hatte. Das Kind breitete seinen Poncho, den es in der Nachtkälte trug, über uns beide aus, umfasste meine Schultern, legte seinen Kopf an meine Brust, murmelte etwas, das nach «buenas noches» klang, und schlief augenblicklich ein. Ich war von dem Gebaren des Kleinen derart verwirrt, dass ich mich zuerst zurechtdenken musste: Ich befinde mich in dem Zug, der morgen in Santa Cruz ankommt, im letzten Wagen, auf der hintersten Bank. Und an meiner Seite schläft ein junger Indio, schmutzig, barfuss und voller Ungeziefer. Die Hand des Kleinen lag schwer auf meiner Brust. Die rauhen Haare pressten sich gegen meinen Hals und störten meinen Schlaf. In starrer Haltung hielt ich aus, um das Kind nicht zu wecken. In der uns umgebenden Nacht erinnerte mich nur das Schütteln des Wagens daran, dass wir uns in voller Fahrt befanden. Schliesslich fiel ich in einen dämmerigen Schlaf, wachte auf und bemerkte, dass das Kind mich verlassen hatte. So streckte ich mich auf der Holzbank aus und schlief endlich ein.

Dann geschah es: das Kreischen der Bremsen, das Krachen von

zwei Schüssen. Der Zug blieb ruckartig stehen. Erschrocken stieg ich aus und eilte in mein früheres Reiseabteil zurück, um zu erfahren, was geschehen war. Im Erstklasswagen traf ich auf ein ungewöhnliches Durcheinander. Die Reisenden starrten mich unbeweglich an. Der Oberst lag auf einer Bank. Er blutete aus einer Kopfwunde. Allmählich löste sich die Erstarrung, und die Stille wich einem aufgeregten Stimmengewirr. Der Wagen war von Bewaffneten überfallen worden. Man vermutete, dass es sich um eine bestimmte Gruppe indianischer Campesinos handelte, die mit Gewalttätigkeiten gegen die herrschende Ordnung des Landes kämpfte. Vor kurzer Zeit war ein anderer Zug überfallen worden, wobei einige Reisende Verletzungen erlitten hatten.

«Dieses Gesindel!» bemerkte ein aufgeregter Geschäftsmann. «Es missbraucht die Parolen von Freiheit und Gerechtigkeit, um friedfertige Leute auszurauben.» Die anderen Reisenden pflichteten ihm bei. Sie hatten ihre Habe und ihre Barschaft verloren. Schliesslich fuhr der Zug weiter. An eine Verfolgung der Bande war nicht zu denken. Sie hatte sich in ein undurchdringliches Waldgebiet abgesetzt.

Nach längerer Fahrt hielten wir wieder an. Das Gelände wimmelte von Soldaten, welche nach bewaffneten Indios fahndeten. Die Wagen wurden durchsucht, und die Truppenführer stellten fest, dass die Indios, welche die Fahrt im Viehwagen mitgemacht hatten, verschwunden waren. Ich suchte nach dem Jungen, konnte ihn jedoch nicht finden.

Ein Weiterfahren war während Tagen nicht mehr möglich. Der Truppenführer bot seine Dienste an, um mich samt dem Verwundeten nach einem kleinen Flugplatz zu bringen. In wenigen Tagen konnten wir dort Anschluss an eine Fluglinie finden.

«Diesmal werden sie uns nicht entkommen. Die ganze Gegend ist bereits umstellt», sagte der Offizier.

«Was wird mit ihnen geschehen?» fragte ich, und aus dem Achselzucken des Hauptmanns konnte ich die Antwort selber ablesen.

Das Warten in dem Flugzeugschuppen machte mich beinahe

krank, obgleich Tropenhitze, Insekten und brackiges Wasser mir nur wenig anzutun vermochten. In der Nacht fand ich keinen Schlaf. Das Ticken des Telegraphen schreckte mich immer wieder auf. Vom wachhabenden Offizier hatte ich die Zusicherung erbeten, über den Verlauf der Truppenaktionen unterrichtet zu werden. Am nächsten Tag erfuhr ich, dass die Flüchtigen eingekreist worden waren, und dass sie in einer Waldschlucht Zuflucht gesucht hatten. Ich aber konnte nichts tun als fluchen, schwitzen und warten.

Dann erschien der Oberst in unserem Schuppen und hielt eine chiffrierte Botschaft in der Hand.

«Die Truppen haben das Gesindel vernichtet», rief er mit munterer Stimme.

«Und die Frauen ...?»

«Auch die Weiber.»

«Und das Kind?»

Der Oberst schien unwillig zu sein. Er überflog die Zeichen des Papierstreifens und schwieg eine Weile. Dann sagte er: «Keine Meldung.»

# Der menschliche Kreis

Die zerlumpten Gestalten blickten mir ins Gesicht, und der Wirt unterbrach seine Tätigkeit. Ich wusste nicht, was ich sagen sollte. So zwang ich mich zu einer lächelnden Grimasse und schüttelte den Kopf. Dann sagte ich: «Wer auf der Welt besitzt schon eine Hundert-Dollar-Note?» Die Männer blieben stumm, und ich spürte ihr Misstrauen. Innerlich fluchte ich heftig über die Unvorsichtigkeit meines Reisegefährten. «Wieviel will er wechseln?» fragte schliesslich einer der Männer. Da niemand antwortete, gab er die Antwort selber: «Hundert Dollar, in einer Note.» Sein Kauderwelsch, aus spanischen und portugiesischen Brocken zusammengesetzt, hatte für mich einen unheilvollen Klang.

Mitternacht war vorüber, wir befanden uns in der einzigen Schenke des kleinen Pueblo im verlorenen Grenzgebiet zwischen Paraguay und Brasilien. Nach der langen Busfahrt hatten mein Kamerad und ich haltgemacht, um uns einen Schnaps zu genehmigen. Seit Stunden sassen wir an dem langen Tisch und leisteten dem halben Dutzend Männer Gesellschaft. Unser Beisammensein bestand hauptsächlich darin, dass wir uns gegenseitig anstarrten und schweigend Aguardiente tranken. Wir beabsichtigten, die Nacht in diesem Lokal zu verbringen, um die Kosten für eine Herberge zu sparen. Das Geld war uns beinahe ausgegangen, den letzten Dollarschein für einen äussersten Notfall trug ich versteckt auf meinem Leib. Tagediebe und Schmuggler der Grenzgebiete waren unsere Gefährten dieser Nacht. Und solch arme Teufel hatte mein Freund auf die vielen Dollars aufmerksam gemacht!

Mein eigenes Verhalten war ungeschickt und bewies den Männern nur, dass ich sie täuschen wollte. Im Halbdunkel der Schenke spürte ich die wachsende Unruhe der Männer. Sie dachten an Weiber, Schnaps und neue Stiefel. Ihre Träume würden Wirklichkeit, wenn sie zupackten und den Fremden ausraubten. Keiner sprach ein Wort; ihre Gesichter blieben unbeweglich. Ich zwang mich zur Ruhe und verscheuchte die bösen Vorstellungen meiner Phantasie. Schliesslich sassen wir neben Menschen, von denen wir uns in Kleidung und Aussehen kaum unterschieden. Gerne hätte ich sie zu einem Schnaps eingeladen. Doch hatten wir kaum Kleingeld, um die eigene Zeche zu bezahlen. Und bis zum Morgen dauerte es noch etliche Stunden.

Unvermittelt erhob sich einer der Männer, brummte etwas vor sich hin und verliess den Raum. Dies schien das Aufbruchzeichen für die übrigen zu sein. Einer nach dem andern nickte dem Wirt zu und begab sich in die Dunkelheit hinaus. Wir trafen Vorbereitungen, um unser Nachtlager in der Schenke aufzuschlagen. Doch der Wirt liess das nicht zu und erklärte, dass er nun schliessen wolle. So traten wir vor das Haus, ohne zu wissen, wohin wir uns wenden sollten. Rasch entfernten wir uns aus der Gasse und suchten die Weite eines Platzes. Dort konnten wir uns sicherer fühlen.

Die Plaza Mayor war von niederen Häusern umsäumt, keine Laterne brannte. Auch die Hauptstrasse lag im Dunkeln. Nur der sternenbesetzte Himmel verbreitete sein Licht über den Platz und verminderte die Furcht, die uns gefolgt war. Wir beschlossen, in der Mitte des freien Raumes den Morgen abzuwarten. Aus den Rucksäcken und Tragtaschen stellten wir unser Lager auf. Mein Gefährte machte den Vorschlag, Busstation und Abfahrtszeit zu erkunden, damit wir möglichst frühzeitig die Reise fortsetzen könnten. Ich willigte ein und blieb mit unserem Gepäck und meiner Unruhe zurück. An Schlaf war nicht zu denken: einige Menschen des Pueblo wussten um das Geld, welches ich auf mir trug. Auf dem Rucksack sitzend, begann ich über die nächste Zeit nachzudenken. Da störte mich das Auftauchen eines Schattens. Ich blickte umher, konnte jedoch nichts mehr bemerken. Ein Geräusch liess mich vermuten, dass ein fremdes Wesen über den Platz schlich. Nach einer Weile glaubte ich, im Dunkel der Häuser die Umrisse einer menschlichen Gestalt zu sehen. Geschmeidig und nach Art einer Katze schlich der Schatten in einem weiten Bogen um mich herum. Mit angespannten Sinnen lauschte ich in die Nacht. Aus den Nebengassen traten weitere Schatten. Sie bewegten sich ebenfalls um mich herum. Es konnte keine Sinnestäuschung sein: Ich wurde eingekreist. Von allen Seiten umgab mich drohendes Verhängnis. Sollte ich schreien? Wer hätte mich gehört! Und was hätte es genützt: Beim ersten Ruf würden mich die Nachtschatten zum Schweigen bringen. Der Lederbeutel mit dem Geld drückte hart gegen meinen Leib.

Nun traten die gespenstischen Wesen aus dem Schatten der Häuser und zogen den Kreis enger. Sie schienen zu schweben, ihre Füsse bewegten sich kaum mehr auf dem Boden. Ein dumpfes Murmeln begleitete den einförmigen Tanz. Die unverständlichen Laute wurden zu Wörtern, die sich in einer starren Reihenfolge wiederholten: «Weiber, Schnaps und Stiefel — Weiber, Schnaps und Stiefel». Mehr und mehr wuchsen die Gestalten zusammen und bildeten schliesslich einen Ring, der sich um mich verengte. Hier gab es kein Entrinnen mehr. Die Schatten wollten nicht nur Geld. Eine panische Furcht bannte mich am Boden fest und raubte mir jede Kraft. Nur wenige Schritte war ich noch von jenen entfernt, die, stumm geworden, ihr Werk vollenden würden.

Unter meinem angespannten Blick löste sich der Ring plötzlich wieder in einzelne Gestalten auf, und ich erkannte die Männer der Schenke. Dumpfe Gesichter umgaben mich, und leere Augen starrten mich an.

Wer gab mir den Mut, mich trotz meiner Furcht zu erheben? Ich trat einige Schritte vor und fasste den nächsten, den ich kannte, um die Schultern. «Hernán, du wirst müde sein, komm, setze dich zu mir!»

Sogleich blieben die Männer stehen, wortlos und in einem grossen Erstaunen. Hernán folgte mir. Nach und nach setzten sich alle um mich herum. Sie starrten vor sich hin, wie aus einem bösen Traum erwacht. Dann begannen wir miteinander zu sprechen. Es war ein Gespräch, das Männer dieser Welt immer wieder miteinander führen, über Weiber, Schnaps und neue Stiefel.

Als es allmählich Morgen wurde, erschien mein Freund und meldete, dass der Bus in einer Stunde abfahren werde. Selbst Fahrkarten hatte er beschaffen können. Wir brachen auf, und die Männer kamen mit, um uns bis zur Busstation zu begleiten.

# Der Pfad des Inka

«Ladies and Gentlemen...»

Hiram setzte zu seinem Vortrag an, den er jeden Morgen zu halten pflegte. Aus dem tiefliegenden Tal stiegen Nebelschwaden empor, und der Indio spürte den kalten Hauch. Er hustete leicht und überwand jene Befangenheit, die ihn immer wieder überkommen wollte.

Er begann mit fester Stimme: «Sie befinden sich an einer heiligen Stätte der Inkazeit...»

Während er die Erklärungen herunterleierte, musterte er die umstehenden Menschen. Wie gewohnt befanden sich die Frauen in der Mehrzahl, Amerikanerinnen, die ihr Geplauder für einmal unterbrechen mussten. Hiram vernahm seine eigene Stimme, die sich den Fremden aufzwängte, gegen ihre Ausrufe ankämpfte und schliesslich selbst das dumpfe Murmeln besiegte. Die Stimme sprach von der Inka-Stadt, die unzerstört auf die Nachwelt gekommen war, sie zählte die verschiedenen Theorien auf, die um Kultstätte, Refugium, Festung und Verbannungsort kreisten, und wies auf die Namen der Gelehrten hin, die an diesen Deutungen teilhatten. Dann erwähnte die Stimme die Zyklopenmauern, die Terrassen, Strassen und Häuserreihen der alten Stätte und forderte die Besucher auf, die Sehenswürdigkeiten zu besichtigen.

Nach dieser Einleitung spürte der Indio, dass die fremde Stimme wieder ihm selbst gehörte. Er steigerte seine Anstrengungen und rief den Fremden in Erinnerung, dass das alte Kulturvolk, durch die weissen Conquistadoren bezwungen, seinen Glauben und seine Selbstachtung verloren hatte. «Heute gibt es nur noch ausgebeutete, verarmte Indianer, die durch fremde Schuld untergehen werden.» In einer beschwörenden Gebärde hielt Hiram seine Hände vor sich hin und nahm mit einer leichten Neigung des Kopfes den Dollarsegen der Fremden entgegen.

Die Touristen zerstreuten sich, und der Indio stieg in das Tal zu seiner Sippe hinunter, die in einem kleinen Pueblo am Fusse des

Berges hauste. Was er von seinem Volk erzählt hatte, konnte er jeden Tag aufs neue feststellen. Brüder und Schwestern, mit den vielen Kindern, lebten in kleinen Hütten, die aus getrockneten Lehmziegeln erbaut waren. Schmutz, Ungeziefer, Krankheit und Unwissenheit gehörten zu ihrem Leben. Das Schlimmste aber schien dem Indio die Ergebung in ihr Schicksal zu sein. Geduld, das war ihre Einstellung den Widerwärtigkeiten des Daseins gegenüber. Eine Kerze am Sonntag für die Heiligen und der Anruf an die Geister, darin bestand ihre ganze Abwehr, wenn der Hagel den Mais vernichtete oder das Wildwasser die Kartoffeläcker zu überfluten drohte. Wurde ein Kind krank, liefen sie zu den Heilkundigen, starb es, gab es im Himmel einen kleinen Engel mehr. Gegen die tägliche Not griffen sie zum Nothelfer, den sie in der Tragflasche mit sich führten. Der Aguardiente machte alles vergessen und holte die Indios in ein anderes Dasein, frei von Furcht und Erniedrigung.

Hiram selbst trank nicht, er kannte die Gefahren des Alkohols, der manchem seines Volkes Kraft und Energie raubte. Er hatte in seiner Jugend gegen die Ängste angekämpft, die ihn überfielen, wenn er den Erzählungen des Dorfältesten gelauscht hatte. Neben dem Christen-Gott und seinen Heiligen gab es Dämonen, die in den Wildwassern und auf den Bergen die Menschen erschreckten. Krankheit, Unfall oder Tod waren die Folge, wenn man ein geheimes Zeichen nicht beachtete. Als Junge hatte der Indio auch Räucherstäbchen angezündet und Wassertropfen in den Wind gesprengt, wie es im Pueblo Sitte war. Dann aber war der Fremde gekommen, und das Leben des jungen Indios begann einen ganz anderen Verlauf zu nehmen.

«Begleite mich auf meinen Erkundungswegen durch die Täler», hatte Hiram zu ihm gesagt und ihn als seinen Diener angeworben. Der Junge lehnte das Anerbieten des Unbekannten ab, doch sein Vater befahl ihm, die Arbeit anzunehmen. Die grosse Familie konnte das angebotene Geld gut gebrauchen. Mit Missmut erwartete der junge Indio anfänglich den hochgewachsenen Amerikaner, um ihm beim Tragen des Gepäckes zu helfen. Noch nie hatte der Junge vorher einen Menschen dieses fremden Volkes gesehen, das so ganz anders war als die weissen Regierungsbeamten des Tales. Sie schritten viele Stunden durch die Täler, kletterten Hänge hinauf und liessen sich in Schluchten hinuntergleiten. Oft untersuchte der Amerikaner mit dem Fernglas die Höhenzüge, zeichnete Linien und Kurven in sein Heft und schrieb seine Beobachtungen nieder. An manchen Tagen war der Fremde kaum zu halten, er suchte einen vorspringenden Felsen oder ein breites Grasband ab, als ob dort etwas Besonderes zu sehen wäre. Sie überquerten den Bergbach, näherten sich dem Ziel, aber der Felsen blieb ein gewöhnlicher Stein und das seltsame Band eine Grasnarbe. Dann setzte sich der fremde Mann auf einen Geröllhaufen, schrieb in sein Buch und sagte: «Morgen werden wir mit unserer Arbeit weiterfahren.»

Schliesslich nahm der Junge an, dass die Forschungen dem Auffinden von Erdöl, Kupfer oder Zinn galten. Manchmal gewann er auch den Eindruck, dass der Fremde einem Geheimnis aus der Vergangenheit des indianischen Volkes nachspürte. Er gehörte wohl zu den verdammten Gringos, die glaubten, die Nachkommen der Inka würden jedem Hergelaufenen den Zutritt zu den versteckten Silberminen und Goldhöhlen zeigen. Das Misstrauen des Indios wuchs, und er versuchte, den Sinn der Zeichnungen auf den Papierblättern zu verstehen. Allmählich gewöhnte er sich daran, Wörter und Sätze des Fremden nachzusprechen. Der Forscher begann, dem jungen Begleiter von Amerika und den Amerikanern zu erzählen. Er sprach von riesigen Städten und ihren Bewohnern, von Fabriken und Werkstätten, von Maschinen, Eisenbahnen und Schiffen. Am Ende eines Gespräches sagte er einmal zu dem jungen Indio: «Mein Volk ist weit vorangekommen und blickt in eine hoffnungsvolle Zukunft, in der jeder Mensch genügend Nahrung, Bekleidung und Wohnraum besitzen wird, dein Volk aber ist stehengeblieben oder sogar zurückgefallen ...»

Über diese Worte musste der Indio oft nachdenken. Er betrachtete die Hütten der Pueblos in ihrem Schmutz und Verfall: das Elend begleitete die Menschen seines Volkes von der Geburt bis zum Tod. Die alten Kulte waren vergessen, und die Kirche der Christen brachte den Indios Lasten, Ängste und Demütigungen. Nur selten versah ein Priester des eigenen Volkes das kirchliche Amt. Auch er mahnte die Gläubigen zum Ertragen ihres Loses. Für den jungen Indio gab es keine Erlösung durch die Kirche. Er wollte sich nicht unterwefen und in seiner Dumpfheit verharren, er wollte vielmehr aus dieser Gebundenheit ausbrechen und sein eigenes Schicksal meistern. Er begann zu lernen, soweit ihm dies möglich war. Später wollte er Schulen besuchen und schliesslich selbst viel Geld verdienen.

Er versuchte sich ganz von seiner Vergangenheit zu lösen und wollte darum einen neuen Namen annehmen. Sein eigener Name, INTICSUNGAN, Sonnenstrahl, wirkte wie eine Verhöhnung, wenn er an sein bisheriges Leben dachte. So bat er den Fremden um die Erlaubnis, dessen Namen führen zu dürfen und nannte sich fortan ebenfalls Hiram. In Kleidung, Gebaren und Sprache glich er sich dem Amerikaner an, der ihm ein guter und grosszügiger Lehrer wurde. Er begann Bücher und Zeitungen zu lesen und sich für vieles zu interessieren. Bald wusste er mehr als der Priester des Tales. Für seine Familie und die Leute des Pueblo hatte er nur noch Verachtung übrig. Er konnte nun auch die Eintragungen des anderen Hiram lesen und wusste Bescheid über Zeichnungen und Lagebestimmungen. Was dies aber wirklich zu bedeuten hatte, konnte er immer noch nicht verstehen. Als Überschrift hatte der Amerikaner einen ihm unverständlichen Satz gewählt: «Das Suchen nach dem Orte X. . . .»

Wieder, wie am Anfang ihrer Bekanntschaft drei Jahre früher, begann der Indio über den Zweck der Streifzüge sich Gedanken zu machen. Oft schien das Suchen sinnlos zu sein, sie brachen ihre Arbeiten ab, hörten eine Weile mit ihrer Tätigkeit auf, und der

Fremde schien niedergeschlagen und enttäuscht zu sein. Gelegentlich sprach er auch davon, dass er in sein Heimatland zurückkehren wollte. Unvermittelt aber begann er in einem Seitental oder auf einem entlegenen Höhenzug aufs neue mit seiner Arbeit, zeichnete und bestimmte Länge und Breite von Felseinschnitten und Bergsenkungen. Die beiden waren schliesslich Freunde geworden, der Amerikaner sprach indessen nicht davon, was er eigentlich in den abgelegenen Tälern suchte.

Eines Tages aber stellte er seinem jungen Gefährten doch die Frage, die dieser schon längst erwartet hatte und vor der er sich fürchtete: «Kennst du den Pfad des Inka?»

Hiram, der Junge, blickte Hiram, dem Mann, unbeweglich ins Gesicht, als ob er nicht verstanden hätte. Nach einer Weile wiederholte der Ältere: «Kennst du den Pfad des Inka, der zu jener verschollenen Stadt führt, von der die Sage berichtet?» Noch immer schwieg der Junge, dann schüttelte er den Kopf und sagte: «Es gibt in den Tälern und auf den Höhen keine alte Stadt. Der Herr hat die Karten studiert und alle Möglichkeiten geprüft. Wer kann von einer Siedlung Nachrichten geben, ohne sie zu kennen? Von Höhlen und Minen habe ich gehört, nie aber von einer früheren Stadt. Es gibt viele Märchen und Überlieferungen, und der Herr verliert nur seine Zeit.»

Hiram, der Ältere, entgegnete kein Wort. Ohne seinen Gefährten weiter zu beachten, schritt er der Schutzhütte zu.

Seit der Eroberung des Landes durch die Weissen hatte sich die Kunde vom Pfad des Inka, der zu dem Bergheiligtum führte, nur noch im «Tal des Wilden Flusses» erhalten. Nachdem die Stadt verlassen worden war, verlor die Kultstätte ihre Bedeutung, und der Ort geriet in Vergessenheit. Überlieferte Erzählungen berichteten von einer letzten Stadt des Inkareiches. Die Indios wussten jedoch nicht zu sagen, was Geschichte und was Sage war. Immer noch verneigte sich das Volk der «Sieben Täler» beim Aufgehen der Sonne, wie es schon die Ahnen getan hatten. Darauf murmelten die Talleute ihre christlichen Gebete und tranken ihren ersten Schluck Schnaps. Nie wurde erwähnt, dass einzelne Nachkommen der «Sonnenstrahlen-Familie» aus dem Geschlecht der früheren Oberpriester mehr wissen konnten. Hiram der Junge gehörte zu den Eingeweihten, er war der älteste Sohn dieser Familie. Sein Vater hatte ihm das Geheimnis anvertraut, das er selber von seinem Vater übernommen hatte, und das der Sohn dereinst seinem Ältesten weitergeben musste. Damals hatte der Vater ihm mitgeteilt, dass sie in der folgenden Nacht sich an den «Ort der Ahnen» begeben müssten. An jenem Abend wurden die Bilder der Heiligen in ihrer Hütte zur Wand gekehrt und die Kerzen, die vor der Jungfrau Maria brannten, gelöscht. Den kleinen Altar verhängte der Vater mit einem schwarzen Tuch. Dann hiess er den Sohn seltsame Gewänder auspacken, die in der Truhe verwahrt wurden. Bei Vollmond überquerten die beiden den Steg des Wildwassers und folgten einem Pfad, der nicht mehr begangen wurde und zu den Berghängen führte. Der Vater schien auf geheime Wegzeichen zu achten. Er setzte die Wanderung auch fort, als sich die Wegspuren zu verlieren begannen. Endlich langten sie bei einem dichten Untergehölz an, unter dem sie durchkriechen mussten. Am Ende des Buschwerkes bemerkte der Sohn eine mächtige Felswand, die beinahe senkrecht in den vom Mondschein erhellten Himmel ragte. Wieder suchte der Vater nach einem Zeichen und fand einen bestimmten Stein, den sie mit Mühe zur Seite wälzten. Zu seinem Staunen gewahrte der Junge eine Art Treppe, zwar alt und verwittert, aber doch begehbar.

Nun sprach der Vater: «Hier beginnt der Pfad des Inka, der zum letzten Heiligtum unseres Volkes führt. Blicke nie zurück, du würdest in die Tiefe stürzen. Von nun an gehörst du zu den Eingeweihten. Nur deinem Sohn darfst du dereinst dieses Geheimnis weitergeben. Du wirst beim Altar den Schwur leisten, wie wir alle es getan haben, seitdem die Priester den Sonnenstein für immer verlassen haben.»

Der Vater hielt seine Hände ausgestreckt, und der Junge berührte die Innenseiten der beiden Hände. Dann begannen die beiden mit dem mühevollen Aufstieg und kletterten die ganze Nacht die Felswand empor.

Als sie oben anlangten, war die Nacht noch nicht zu Ende, aber der helle Schein des Vollmondes strahlte über die zackigen Bergketten, und der junge Indio bemerkte auf dem Bergrücken eine Geisterstadt. Die Dächer fehlten, und die Häuser aus behauenen Steinen waren von Gesträuch und hohem Farnkraut überwachsen. Dennoch erkannte er die kunstvolle Anlage der Strassen und Plätze, der Treppen und Terrassen. Noch immer stieg der Alte weiter hinauf, am höchsten Ort musste sich das Sonnenheiligtum befinden. Schliesslich erkannte der Junge den seltsam behauenen Stein, der früheren Priestern als Sitzplatz und Altar gedient hatte.

Seit dem Beginn des gefährlichen Aufstieges hatte der Vater kein Wort mehr gesprochen, und der Sohn wagte es nicht, die Stille zu brechen. Noch immer verharrte der Alte in seinem Schweigen. Unter ihnen in der Tiefe befand sich die Talsohle mit dem Silberstreifen des kleinen Flusses. Allmählich wurde es lichter, ein Kranz von Bergketten zeigte sich am Horizont und schien der Sonne den Eintritt in die düstere Welt zu verwehren. Mit einem Zeichen hiess der Vater seinen Sohn sich niederzulassen, und als der erste Strahl erschien, leuchtete das Haupt des Alten in goldenem Licht. Auf dem Altar sitzend, verneigten sich beide nach vorn, bis die Sonne hinter der Felsenkuppe aufgegangen war.

Dann sprach der Vater ein Gebet an das ewige Licht, das der Sohn noch nie gehört hatte und dessen Sinn ihm unverständlich blieb. Die letzten Worte musste er nachsprechen, es war ein fürchterlicher Fluch, der einen Verräter des Inkapfades treffen sollte.

Alles hatte Hiram aufgegeben, was er von den alten Bräuchen seines Volkes gelernt hatte. Er kannte sich in Sprache und Gewohnheit der Amerikaner aus, kleidete sich nach ihrer Art und sprach ihre Sprache. Nur Dummköpfe konnten an die Lehre der früheren Zeiten glauben. Das Inkareich bedeutete eine glorreiche Epoche indianischer Vergangenheit, aber die Fremden, die es erobert hatten, waren mächtiger gewesen. Schon damals hatte es sich gezeigt, dass nur die Starken und Fortschrittlichen erfolgreich sein können, und die weisse Rasse hatte ihre Überlegenheit dem indianischen Volk in brutaler Weise offenbart. Knechtschaft und Demütigungen folgten in ununterbrochener Reihe. Wohl hatten sich aus dem Kolonialreich eigene Staaten gebildet, aber die Indios blieben auch weiterhin vom Leben der Nation und ihrer Entwicklung ausgeschlossen. Das Licht der Sonne war nicht das Vorrecht der Inka-Menschen geblieben, die Götter waren tot, und jede Huldigung an alte Idole wurde für den jungen Hiram zu einer abergläubischen Handlung. Dennoch scheute er sich davor, den Fremden in das Geheimnis des Inkapfades einzuweihen.

Konnte man sich vor etwas fürchten, woran man nicht mehr glaubte? Galt ein Schwur, den man einem Unwissenden abgenommen hatte?

Hiram, der Junge, wollte sich von seiner letzten Bindung lösen, um künftig als innerlich freier Mensch leben zu können. Er wusste, dass er nach dieser Tat kein Indio mehr war, sondern zu den Fremden und Unabhängigen gehörte. Dennoch zögerte er vor diesem Schritt. Niemand konnte ihm einen Rat geben, sein eigenes Volk würde sich an ihm rächen, und dem Freunde fehlte sicher das Verständnis. Aber er fühlte, dass er eine Entscheidung herbeiführen musste, um aus seinen Zweifeln herauszukommen. Er verbrachte viele Tage in der Einsamkeit, er wollte sich prüfen und Gewissheit für sein Vorhaben erlangen. Entweder musste er Familie und Dorf für immer verlassen und ganz in die Welt seines neuen Freundes eintreten, oder er musste das aufgeben, was ihm die Hoffnung seines Lebens schien. Als er wieder einmal den Lauf der Sonne von ihrem Aufstieg bis zu ihrem Untergang betrachtet hatte, war er sich im klaren, woher ihm Antwort auf seine Frage kommen konnte: Er musste den Pfad des Inka noch einmal gehen.

«Ladies and Gentlemen . . .» Wie oft hatte Hiram den Touristen schon seinen Vortrag gehalten? Jedesmal erzählte er, wie die alte

Stätte entdeckt worden war. Er sprach von Hiram, dem Amerikaner, und von der Zeit seines Suchens in den Tälern des Wilden Flusses. Er erklärte den Zuhörern, dass die von Gebüschen und Schlingpflanzen überwachsenen Mauern der Stadt vom Tal aus nicht erblickt werden konnten. «Auch war es unmöglich, die Felswände zu erklimmen, ohne genaue Kenntnis der Wegzeichen aus der Inkazeit. Selbst ein Mensch mit der zähen Ausdauer und dem Opfersinn des amerikanischen Forschers hätte sein Vorhaben schliesslich aufgeben müssen. Nur mit Hilfe eines Eingeweihten konnte die Stadt gefunden werden.» Und der Indio berichtete den Zuhörern, wie der Amerikaner aus einem unerklärlichen Zufall heraus einen jungen Begleiter gewählt hatte, der selber zur Familie der alten Priester gehörte und durch Überlieferung Kenntnis von der Bergstadt und ihrem Zugang besass. Er erwähnte auch, dass der Junge sein Geheimnis lange Zeit bewahrte. Er erzählte von jener Nacht, als die beiden schliesslich den Pfad des Inka bestiegen und erstmals ein Fremder die heilige Stätte betrachten konnte.

Aber er sprach nicht davon, dass er selber der Indianerjunge gewesen war, der dem Fremden den Pfad gezeigt hatte.

Die Touristen waren immer wieder beeindruckt von der Geschichte und wollten noch dieses und jenes wissen. Noch nie hatte ein Besucher gefragt, aus welchem Grund der junge Indio das Geheimnis seiner Ahnen verraten hatte.

Die Entscheidung hatte die Mondnacht gebracht, als er allein den Berg bestieg.

Wieder war der Anstieg mühevoll und gefährlich. Nur undeutliche Spuren bezeichneten den alten Pfad, wer ihn verfehlte, musste an der senkrechten Wand abstürzen. Aber Hiram hatte sich bei der ersten Begehung die Zeichen in den Steinen gemerkt, und das helle Mondlicht half ihm, den Weg zu finden. Endlich langte er oben an und betrachtete die in Silberschein getauchten Mauern der Stadt. Er schritt die steilen Strassen hinauf, empor zum alten Heiligtum.

Die Kälte der Nacht liess den Indio erschauern, aber er entledigte sich seiner Kleider. Er wollte dem Sonnenlicht ohne jede Hülle entgegentreten, nur im Einklang mit der ewigen Natur konnte er sein Vorhaben ausführen. Dann streckte er beide Arme empor und erwartete den Sonnenaufgang. Er fühlte sein Herz pochen, aber sein Entschluss, die frevelhafte Tat zu wagen, stand fest. Beim Auftauchen der ersten Strahlen setzte er sich auf den Stein und sprach mit lauter Stimme das Gebet und den Verwünschungsschwur der Inkapriester. Als die Sonne am höchsten stand, erhob er sich, ballte beide Hände zu einer grimmigen Gebärde und spuckte dreimal in das grelle Licht. Dann wartete er, bis die Sonne untergegangen war.

Nichts war geschehen, und er wusste nun, dass der Inkagott seine Macht verloren hatte. Leichtfüssig kletterte er die Felswand hinunter und eröffnete am nächsten Tage dem Amerikaner, dass er ihn den Pfad des Inka hinaufführen werde.

«Ladies and Gentlemen . . . Von dieser Stelle aus können Sie die Dreiteilung der ganzen Anlage besonders gut überblicken: oben den Tempelbezirk mit den Kultstätten und den Priesterwohnungen, dann den Militärbezirk und anschliessend die Terrassen und Felder der Ackerbauern. Die Fachwelt ist sich allerdings nicht einig, ob . . .»

Während der Strom seiner Erklärungen unaufhaltsam weiterfloss, dachte Hiram an die Zeit, die der Entdeckung der «vergessenen Stadt» durch den Amerikaner gefolgt war. Es war für den Forscher eine Epoche des höchsten Triumphes. Den Gelehrten folgten die Techniker und Strassenbauer, welche die Stätte für Besucher zugänglich machten. Sprengungen ermöglichten die Anlage einer bequemen Strasse, Waldarbeiter rodeten die Ruinen von den Überwucherungen. Einige Häuser wurden wieder mit Strohdächern versehen, um den Eindruck einer bewohnten Siedlung hervorzurufen. Zeitungsartikel, Vorträge und Prospekte warben in der Welt für den Besuch der neu entdeckten Inka-

Stadt. Nach kurzer Zeit setzte ein Strom von Touristen ein, die jeden Tag von der alten Hauptstadt herangebracht wurden.

Auch der junge Indio hatte an dem Erfolg teilgenommen. Alle Versprechungen des Amerikaners hatten sich erfüllt: die grosse Geldsumme, das Stipendium, die Zusicherung der Anstellung.

Er hatte die gebotenen Möglichkeiten dann auch ausgenützt. Mit zähem Fleiss erweiterte er seine Kenntnisse, um in das amerikanische Gymnasium eintreten zu können. Es war nicht nur Strebertum, was ihn vorantrieb und ihm half, die Stufen der sozialen Leiter emporzusteigen. Der Indio hielt sich bei dem mühseligen, nächtelangen Lernen das Elend seiner Jugendzeit und die Plage der Leute seines Pueblo vor Augen. Und so gelang es ihm, sich zu behaupten, um schliesslich sogar zu den besten Schülern der Klasse zu zählen. Die Wahl seines Studiums fiel ihm nicht schwer: der Beruf des Rechtsanwaltes würde ihm die Kenntnisse vermitteln, mit denen er reich und mächtig werden konnte. Der Abschluss an der Universität erfüllte alle Erwartungen, die seine amerikanischen Freunde in ihn gesetzt hatten.

Dann waren die Jahre gekommen, die Hiram damals «die Zeit des Erfolges» nannte. Als gutgeschulter Anwalt mit einflussreichen Freunden und grosser Auslanderfahrung eröffnete er in der Hauptstadt seine Tätigkeit. Er musste nicht nach Aufträgen suchen, die Mächtigen des Landes erbaten seinen Rat, und die grossen Gesellschaften des ausländischen Kapitals machten ihn zu ihrem Vertrauensmann. Seine Heirat mit einer Amerikanerin, die er an der Universität kennengelernt hatte, war seinem Ansehen unter den führenden Schichten des Landes nur zuträglich. Dabei vergass er sein eigenes Volk nicht und versuchte, durch den Ausbau der Gesetzgebung das Los der Indios zu erleichtern, ihren Bildungsstand zu heben und ihnen ein Mindestmass an Lebensexistenz zu sichern. Alle Massnahmen trugen die Züge seines starken Fortschrittsglaubens.

Mary, seine Frau, unterstützte ihn in seinen Bestrebungen, die Indios aus ihrer überkommenen Gebundenheit zu lösen: mit ihm zusammen reiste sie in die entlegensten Provinzen, hielt Vorträge, erteilte Unterricht und zeigte sich unermüdlich im Auffinden weiterer Geldquellen. Landwirtschaftsmaschinen und Sämereien wurden den armen Bauern zur Verfügung gestellt, Strassen in unwegsame Gebiete wurden erschlossen. Neue wirtschaftliche Formen sollten die indianischen Volksteile in den Besitz der technischen Errungenschaften der modernen Zeit bringen.

Es war am Fest der «Sozialen Integration». Hiram leitete als Regierungsvertreter die Einweihungsfeierlichkeiten der neuen Cooperativa. An Stelle des alten Pueblo im Valle del Sol hatten die Behörden eine moderne Siedlung erbauen lassen. Kleine schmucke Häuschen standen den Campesinos fortan zur Verfügung, die alten Lehmhütten waren auf Befehl der Behörden abgerissen worden. Eine Delegation aus der Hauptstadt feierte mit der Bevölkerung das grosse Ereignis, und der Regierungsvertreter wies besonders auf die Verdienste der Stiftung für die Eingliederung der indianischen Bauern hin. Als Hiram seine Rede beendet hatte, klatschten die Gäste lebhaften Beifall. In den Gesichtern seines Volkes aber las Hiram die finstere Abwehr und die Resignation, die er seit seiner Jugendzeit kannte.

Erstmals glaubte er das Wort «Manaalinruna» zu hören, ein Wort, das die Gäste nicht verstehen konnten. Aber die Vorstellung, ein Verräter zu sein, sollte ihn künftig begleiten, trotz aller Anstrengungen, die er für sein Volk unternahm.

Damals begannen auch die Zerwürfnisse mit seiner Frau. Hiram vernachlässigte seine Arbeit als Advokat und Geschäftsmann. Die Abmachungen mit seinen Klienten kümmerten ihn kaum. Es gab Ärger mit Behörden und Auftraggebern. Hiram erschien immer seltener in seinem Büro, öffnete die Briefe nicht mehr und sorgte sich weder um seine Familie noch um seine Freunde. Mary versuchte am Anfang, den Geschäftsverlauf aufrechtzuerhalten, arbeitete mit Substituten und griff selbst in den Gang der Ereignisse ein.

Vor allem wollte sie ihren Mann von der unerklärlichen Krankheit heilen. Aber Hiram wich dem Zwiegespräch aus, hörte stundenlang ihren Vorwürfen und Bitten zu, oft mit geschlossenen Augen und unbeweglicher Miene. Er entgegnete kein Wort, zuckte höchstens die Achseln, erhob sich plötzlich und verliess den Raum. Nach solchen Aussprachen liess sich dann der Indio tagelang nicht in der Hauptstadt sehen.

Wie in seiner Jugendzeit begann Hiram in den Bergen umherzustreifen. Er durchschritt zerklüftete Täler und erstieg steile Hänge. Am Abend trug er seine Gedanken und Überlegungen in ein Heft ein. Auf der ersten Seite stand zu lesen: «Meine Suche nach ...»

Schliesslich hatte Hiram das Amt eines Fremdenführers in der alten Kultstätte angenommen. Er wohnte wieder in dem Pueblo seiner Jugend und unterschied sich in keiner Weise von den Indios des Tales. Jeden Tag drängten sich neue Scharen von Touristen zu den Ruinen, und Hiram begann mit dem Herunterleiern seiner Erklärungen, während seine Gedanken sich mit ganz anderen Dingen beschäftigten.

Er verdiente Geld, viel Geld sogar, wie in den Tagen, als er noch der angesehene Anwalt und erfolgreiche Geschäftsmann gewesen war.

Er blickte in nichtssagende Gesichter, er sprach von einer Vergangenheit, die nie mehr auferstehen würde, er klagte Menschen und Geschehen an und appellierte an das schlechte Gewissen dieser verdammten Fremden.

Geld wollte er von diesen Neugierigen und Eiligen, er nahm es mit beiden Händen. Wann immer er Gelegenheit fand, wechselte er die Geldscheine in Goldstücke um und verwahrte die wachsende Summe in einer Kiste in seiner Hütte.

Einmal hatte ihn einer dieser Fremden nach dem Goldschatz der Inka gefragt. Hiram unterdrückte ein höhnisches Lachen. Es gab keinen Schatz, es gab keinen Inka, und es gab kein Volk des

Inkas mehr. Es gab nur einen verzweifelten Fremdenführer, der verlogene Erklärungen über die Vergangenheit der alten Indiovölker machte und der heimlich Goldstück um Goldstück zusammensparte.

Auch für die Aufhäufung dieses Schatzes gab es keine Erklärung — was ging dies die Fremden an? Was ging es das indianische Volk an?

Hatte er, Hiram, überhaupt das Recht, nach den Gründen seines eigenen Verhaltens zu fragen?

Die Flucht in die Trunkenheit brachte keine Lösung. Den Zeiten des Rausches folgten die matten Tage der Ernüchterung. Für Hiram waren die Götter der alten Zeiten gestorben, und der Glaube an eine bessere Zukunft war einem quälenden Zweifel gewichen.

Warum hatte er in seinem Leben alles falsch gemacht, und warum musste er nun so hart büssen? Mit dieser Frage legte sich der Indio nachts nieder, und ohne eine Antwort gefunden zu haben, erwachte er bei Sonnenaufgang. Seine Gedanken begannen immer mehr um dieses eine Problem zu kreisen.

In jenen fernen Tagen, als er mit Hiram, dem Amerikaner, die Täler durchsucht hatte, konnte er noch ein glückliches Leben für sich und sein Volk erhoffen. Damals hegte er den Glauben, der Pfad des Inka werde den Indios einen neuen Weg öffnen.

«Ladies and Gentlemen . . . Das Volk der Indios . . .» Es war Hiram klargeworden, dass es nur eine Möglichkeit gab, die Wahrheit zu erkennen: er musste den Pfad des Inka noch einmal ersteigen, wie es die Riten und Bräuche der Überlieferung vorschrieben. Er musste hinaufsteigen bis zum Heiligtum. Nur dort konnte er die Erkenntnis erlangen und den Frieden finden, den er seit Jahren vergeblich suchte.

Es dauerte geraume Zeit, bis er den Einstieg entdeckte, der es ihm ermöglichte, die steile Wand emporzuklettern. Seit vielen Jahren war niemand mehr diesen Weg gegangen. Sein Vater war längst gestorben, und seinen eigenen Sohn hatte er nie eingeweiht.

An manchen Stellen waren die spärlichen Wegspuren von dem harten Berggras überwachsen, Geröll und Steinstürze machten den Weg beinahe unkenntlich. Trotz dieser Schwierigkeiten arbeitete sich der Indio langsam in die Höhe und erreichte die Kultstätte noch vor dem Morgengrauen. Wie bei seinem ersten Aufstieg vor vielen Jahren konnte er seine Erregung kaum zügeln. Im Scheine des Mondlichts lagen die Mauern der Häuser, Tempel und Paläste vor ihm, nun von allen überwuchernden Pflanzen befreit. Es war die verlorene Stadt, wie sie dem Inka-Volk vor Zeiten als Heiligtum und Zufluchtsort gedient hatte. In dem Nachtdunkel war niemand zu sehen, die Fremden samt den Wächtern schliefen in der abseits liegenden Gaststätte.

Der Indio stieg noch weiter empor, um beim heiligen Stein das Aufgehen der Sonne zu erwarten. Unvermutet erinnerte er sich seines alten Namens: Inticsungan, «Sonnenstrahl», so hatte ihn sein Vater genannt, und diesen Namen würde er künftig wieder tragen. Er setzte sich auf den Altarstein, nachdem er sich seiner Kleider entledigt hatte. Wie damals, in seiner Jugend, sollte sein Körper mit den Strahlen der aufgehenden Sonne eins werden. Er zitterte vor Kälte, aber er musste ausharren, wenn er durch die heilige Handlung Antwort auf seine Frage erhalten wollte.

Dann ging die Sonne auf, und Inticsungan begann langsam den Schwur der Ahnen vor sich hin zu sprechen: «Halte das Geheimnis, und du bleibst heil und gesund.»

Dreimal wiederholten sich die Worte: «oasi gespila, kusi gespila ... heil und gesund, heil und gesund ... Der Verräter aber muss den Weg mit verbundenen Augen zurückgehen ... ñan, ñan, ñan ... diesen Weg, diesen Weg, diesen Weg ...»

Inticsungan zog seine Kleider wieder an, er hatte die Antwort gefunden: er musste in der Nacht den Pfad hinuntersteigen mit verbundenen Augen, wie es die Überlieferung des Inti Tayfa wollte.

Der Indio versteckte sich in einem Gebüsch, um die Dunkelheit abzuwarten. Während der ganzen Zeit beschäftigte ihn das gefährliche Vorhaben, und er suchte in Gedanken den Weg ab und mass die Schwierigkeiten, die ihm bevorstanden. Gelegentlich hörte er durch die Zweige ein dumpfes Murmeln und vernahm Wortfetzen der Erklärungen, wie sie die Wächter den Fremden gaben. Und immer wieder hörte er die vertraute Anrede: «Ladies and Gentlemen . . .»

Er lächelte. Für ihn war diese Welt zu Ende. Gegen Abend wurde es stiller, und die Fremden verliessen allmählich die Ruinenstadt.

Als die Nacht hereingebrochen war, begann der Indio mit dem gefährlichen Abstieg. Er trug eine Binde über den Augen und liess sich sorgfältig hinuntergleiten. Inticsungan musste langsam und vorsichtig vorgehen, wollte er sein Ziel nicht verfehlen. Hände und Füsse tasteten Stein um Stein ab, ehe der Indio seinen Körper weiter hinunterschob.

Plötzlich fand er keinen Boden mehr unter den Füssen. Fieberhaft suchte er nach Halt, doch ringsum spürte er nur die glatte Felswand. Eine kurze Zeit noch konnte er sich halten, dann verliessen ihn die Kräfte.

Ein Wächter hörte in jener Nacht einen dumpfen Schrei, und er glaubte, dass ein Nachtvogel auf der Jagd war.

# El Gamin

«Natürlich unternehmen wir alles, um sie in die Gesellschaft einzugliedern», sagte mein Gegenüber und blickte mich an. Er schien aus meinem Mienenspiel die Zweifel, die ich hegte, herauszulesen. So wiederholte er mit Nachdruck «si, Señor». Über seine Akten gebeugt, belehrte er mich, dass es im Interesse der Gesellschaft liege, die Herumtreiber einem geordneten Leben zuzuführen.

«Es ist das Bestreben der Behörden, aus den kleinen Strolchen brauchbare Menschen zu machen», fuhr er fort. «Die Stadtbehörden und das Jugendamt, schliesslich auch die Polizei, wir alle bemühen uns darum.»

«Sogar die Polizei bemüht sich?» — wieder brachte ich meine Zweifel zum Ausdruck,

«Ja, mein Herr. Schreiben Sie in Ihrer Zeitung, dass sich auch die Polizei der Hauptstadt mit der Problematik der herumtreibenden Jungen beschäftigt...»

«Aber die Polizei...», wagte ich ihn zu unterbrechen.

«Von den Diebstählen will ich nicht sprechen», entgegnete Dr. Alfonso Ferro, «die werden auf dem Jugendamt kaum gemeldet. Aber die zahlreichen Einbrüche und Überfälle wurden in den letzten Jahren zu einer Landplage.»

«Die Polizei befasst sich also in Spezialeinsätzen mit den jugendlichen Banden?» fragte ich weiter, um meinen Anteil am Gespräch nicht nur auf ein Achselzucken einzuschränken.

Ich durfte dem Jugendrichter nicht allzu skeptisch begegnen, sofern ich über die streunenden Strassenjungen von Bogotá mehr erfahren wollte. Langsam nur kamen wir mit unserem Gespräch voran, noch hatte ich kaum eine halbe Seite in meinem Notizbuch gefüllt. Wir schwiegen beide, und ich betrachtete das kluge Gesicht des Jugendrichters. Nach den Angaben meines kolumbianischen Freundes hatte sich Dr. Alfonso seit Jahren mit den Problemen der Gamines beschäftigt.

Von ihm erfuhr ich nun, wie die Jugendkriminalität die Behörden vor unlösbare Aufgaben stellte. Diese hing eng mit der Landflucht vieler Campesinos zusammen. Jedes Jahr wanderten Zehntausende von armen Landbewohnern nach der Hauptstadt, um dort Arbeit und Brot zu suchen.

«Damit vermehren sie nur die Zahl der Arbeitslosen und Gelegenheitsarbeiter», fuhr mein Gesprächspartner weiter «es sind Leute, die buchstäblich von der Hand in den Mund leben . . ., wenn aber beide Hände leer . . . und viele Kinder da sind . . .»

Wieder begann Dr. Alfonso in seinem Aktenbündel zu blättern. «Hier, die Statistik . . ., sie beweist deutlich . . .»

Der grosse Büroraum mit seinen hellgestrichenen Aktenschränken und seinen Gesetzesbüchern begann sich zu verengen. Er wurde niedrig und schmutzig. Ungeordnete Kleiderbündel lagen auf dem gestampften Lehmboden. Durch das mit Zeitungspapier überklebte Fensterloch drang ein Strahl der stechenden Sonne von Bogotá.

Der kleine Mann mir gegenüber rutschte auf seinem wackeligen Stuhl hin und her. Sein braunes Gesicht hatte jede Spur von Freundlichkeit verloren. Er schlug mit seiner kräftigen Faust auf das Holzbrett, welches, auf zwei Blöcken ruhend, eine Art Tisch darstellte. «Was habe ich mit diesem Kerl zu tun?» schrie er mich an. «Er soll sich zum Teufel scheren, und auch Sie, mein Herr, verschwinden Sie augenblicklich!»

«Wo hält sich denn der Junge versteckt?» fragte ich, immer noch nach Atem ringend. Ich versuchte, ruhig, beinahe freundlich zu sprechen, denn es lag mir daran, die Spur des Flüchtigen zu finden.

«Ricardo?» fragte der kleine Dicke mit gedehnter Stimme und starrte mich feindselig an.

«Ricardo heisst er also». Dies war der erste Anhaltspunkt, dass der Flüchtende in diesem Haus verschwunden war. Vor wenigen Minuten noch hatte ich mich auf der Plaza Bolivar befunden, im Schein der grellen Sonne. Während dieser schläfrigen Mittagsstunden blieben die heissen Strassen beinahe menschenleer. Bolivar, der grosse Befreier, überragte den weiten Platz, und hinter dem Denkmal konnte ich Erholung für meine schmerzenden Augen finden. Eine junge Frau schritt an mir vorüber; die gutgekleidete Señorita würde bald in einem der seitlichen Hochhäuser verschwinden. Noch immer befand ich mich im Schatten des steinernen Libertadors, der vor hundertfünfzig Jahren Befreiung von Gewaltherrschaft und Gerechtigkeit für alle Bürger des südlichen Amerika versprochen hatte.

Starke Kopfschmerzen begannen mich wieder zu befallen; von meiner Höhenkrankheit geplagt, nahm ich meine Umgebung nur undeutlich wahr: den Befreier, die Frau und auch den Jungen, der inzwischen in mein Gesichtsfeld getreten war.

Nun aber, in dem kahlen Kellerraum, mit dem wütenden Mann zusammen, musste ich mir den Ablauf der Ereignisse noch einmal in Erinnerung rufen. Ich spürte die Stiche im Kopf immer stärker, Szene um Szene rollte der Film des vor kurzem Erlebten ab. Als Kulisse diente der grosse Platz, der im gelben Licht der Sonne überbeleuchtet schien. Ein weiteres Requisit bildete die Steinfigur des Befreiers. Nur drei Personen bestritten den Akt: der Fremde, die Frau und der Strassenjunge. Während der fremde Mann unbeweglich hinter dem Denkmal verharrte, bewegten sich die Señora und der Gamin in gleicher Richtung fort. Nach wenigen Schritten hatte der Junge die Frau eingeholt. Dann geriet die Szene in Bewegung: mit einem kurzen Ruck riss der Bursche die Handtasche der Dame an sich und sprang in langen Sätzen über den Platz davon. Bald würde er das Ende der Plaza erreichen und in einer der anliegenden Gassen verschwinden. Die junge Frau hielt den Mund leicht geöffnet, doch blieb der Überraschungsschrei aus.

Ohne sich über sein Tun Rechenschaft zu geben, begann der Fremde den kleinen Dieb zu verfolgen. Mit seiner ausholenden Armbewegung schien der Befreier dem Flüchtigen anzuzeigen, solch ungebührliche Handlungen zu unterlassen. Die Gebärde des Steinernen konnte nur auf diese Weise gedeutet werden:

«Junger Mann, verharre in stolzer Armut, doch schade dem Ansehen des Vaterlandes nicht.»

Es blieb mir unverständlich, warum ich den Gamin verfolgte. Auf alle Fälle kannte ich die Lage dieser verwahrlosten Kinder, die oft von den Eltern verstossen werden. Und ich wusste, dass die Gamines herumstrolchende Jungen sind, die als einzelne oder in Gruppen stehlen, einbrechen oder bei günstiger Gelegenheit auch eine Beute an sich reissen. Es sind hungernde, oft kranke Kinder...

Mir war die Notlage dieser Burschen bekannt, dennoch rannte ich so schnell ich es vermochte, um den kleinen Räuber einzuholen. In meinem Verfolgungseifer jagte ich der schmächtigen Gestalt nach, die in der gleissenden Sonne kaum zu erkennen war. Mein Nachjagen liess nicht nach, als der Schatten in die engen Gassen der Altstadt einbog. Ich bekam das Stechen an meiner linken Seite heftiger zu spüren. Mein Atem ging stossweise, und ich fühlte mich in der Hitze einer Ohnmacht nahe. Aber auch das Kind begann immer langsamer zu laufen. Schon streckte ich meinen Arm aus, um es zu fassen. Meine Hand, bereit den kleinen Strolch zu packen, glitt jedoch am Hemde ab. Lediglich einen Streifen des schmutzigen Stoffes vermochte ich zu ergreifen. Der Flüchtende war mir mit katzenartiger Behendigkeit ausgewichen, hatte sich aber zu stark auf die Seite geworfen und stürzte flach auf das Pflaster. In seinem Schrecken hatte der Gamin die Tasche fallen lassen. Ohne weiteres Überlegen kniete ich auf das Steinpflaster, um die herausgestreuten Gegenstände des Tascheninhaltes aufzulesen. Ich begann die herumliegenden Scheine und Münzen zusammenzusuchen, als ich die kleine Gestalt an meiner Seite bemerkte. Es war der Junge, der neben mir kauerte und sich eifrig am Einsammeln des Geldes beteiligte. Dann blickte er mich einen Augenblick starr an. Er fuhr sich über sein schwarzes strähniges Haar und reichte mir eine Handvoll Münzen. Mit einem Sprung entwischte er mir und war in einem entfernt liegenden Hause der engen Gasse verschwunden.

Wie konnte ich nun den erzürnten Mann beruhigen, in dessen

Gemach ich ohne jede Höflichkeit eingedrungen war, mit der Absicht, den Flüchtigen nur ja nicht entwischen zu lassen? Noch immer flatterte mein Atem, und ich zog den muffigen Geruch des Raumes in mich hinein. «Dem Jungen möchte ich eine Belohnung geben», stiess ich endlich hervor «er hat mir vorhin einen Dienst geleistet.»

«Dem Herrn einen Dienst geleistet?» wiederholte der Señor, und seine Augen schienen mich tückisch anzublicken. Dann folgte ein Ausbruch von Verwünschungen, die ich mehr erraten musste, als dass ich sie verstehen konnte.

Ich versuchte seinen Redeschwall zu unterbrechen: «Ist Ricardo Ihr Sohn?»

Der kleine Herr zögerte, schien sich zu besinnen. Dann: «Er ist der Junge meiner Frau.» Wieder ein Zögern, gefolgt von einer weiteren Erklärung: «Doña Carmen stammt aus dem Departemento Choco . . ., sie ist mit ihren Kindern hierhergezogen — mit ihren sieben Kindern, für die ich alle gesorgt habe», betonte mein Gegenüber voller Stolz, dabei hieb er mit der Faust erneut auf das Tischbrett, wohl um seinen Worten mehr Nachdruck zu verleihen.

«Von den Grösseren konnte ich wenigstens einen geringen Nutzen ziehen, da sie als Strassenverkäufer für mich tätig waren . . ., aber Ricardo . . .!»

Señor Carlos Valencia — den Namen des Oberhauptes der Familie hatte ich inzwischen erfahren — schien gegen Ricardo eine starke Abneigung zu hegen. «Er ist der jüngste der Buben, und er ist das klügste aller Kinder. Während vollen fünf Jahren hat er die Schule besucht, Rechnen und Schreiben lernte er, dass selbst unsereiner staunte. Mit seiner Klugheit hätte er auch die höhere Schule besuchen können. Aber er war viel zu faul dazu, und nie wollte er mir in meinem Geschäfte helfen . . .» Damit wies der Señor auf einen Stapel von Waren hin, wie sie durch Marktfahrer in den umliegenden Ortschaften vertrieben werden.

«Also Ricardo . . .», nahm er das Gespräch wieder auf, «lief uns mit zwölf Jahren davon. Und nun treibt er sich auf den Gassen herum. Seit langer Zeit ist er nicht mehr erschienen . . ., er weiss auch, warum. Heute ist er durch den Toreingang gerannt, um auf der Hinterseite zu entwischen . . . Ich rate Ihnen, lassen Sie mich in Ruhe mit dem Burschen. Ich will nichts mit der Polizei und diesen verdammten Behörden zu tun haben . . .»

Die Sonne hatte ihren hellen Schein verloren, und ein blasses Licht füllte den weiten Amtsraum. Der Jugendrichter befand sich weit von mir entfernt, als er mit ruhiger Stimme fortfuhr: «Nach den neuesten Erhebungen sind es über fünftausend Burschen, welche auf den Strassen streunend zu den jugendlichen Kriminellen gezählt werden müssen. Sie wohnen in Kellerlöchern, Bretterbuden oder nächtigen im Freien. Viele sind von zu Hause weggelaufen, andere hat man als lästige Esser fortgejagt.»

«Ich suche einen Jungen namens Ricardo.»

«Hat er Sie beraubt, oder ist er gar tätlich geworden?»

«Nein, ich muss mich bei ihm bedanken, ich . . .» Es war schwierig, einem Beamten zu erklären, was ich erlebt hatte, und noch viel schwieriger auszudrücken, was ich eigentlich wollte: mein Vorhaben war mir selbst nicht klar. Die Unterbrechung schien den Jugendrichter kaum zu stören, und er fuhr fort: «Die Burschen leben in Gruppen zusammengeschlossen und begehen gemeinsam ihre Taten: Einbrüche, Raubüberfälle. Sie verteilen auch die Beute nach gewissen Regeln. Ihr Verhalten haben sie von den Banden der Erwachsenen übernommen, welche als Strassenräuber oder Gewaltverbrecher eine Art «Ehrenkodex» entwickelt haben, dem sich die einzelnen streng unterwerfen müssen. Mit dem Diebstahl der Jungen fängt es an, mit Überfall und Mord der Bandoleros geht es weiter.»

Ich musste mir noch weitere Erklärungen von Dr. Alfonso anhören. Schliesslich aber war meinem Ausharren der erhoffte Erfolg beschieden. Der Beamte stellte mir ein Dokument aus, das mich ermächtigte, die täglichen «Neueingänge» bei der Polizei in Augenschein zu nehmen.

Und dann konnte ich die Menge der Gamines aus nächster

Nähe betrachten: grosse und kleine, hübsche und hässliche, zerlumpte und gutgekleidete, einzelne, die lachten, und viele, die finster und trotzig in die Welt blickten. Ich fragte mich beim Anblick dieser Schar junger Menschen, ob es mir wohl gelingen würde, Gruppenmerkmale und Unterschiede festzustellen. Die Voraussetzungen für das Leben als Gamin schienen immer die gleichen zu sein.

Der Kommissar machte sich die Sache leicht: «Dies ist ein Gewohnheitsdieb, jener pflegt sich an Überfällen auf Ladengeschäfte zu beteiligen, die vier Jungen in der hinteren Reihe haben einen Polizisten angegriffen und erheblich verletzt.» Oft beschränkte sich die Beurteilung auf ein einziges Wort: «Erpresser, Prostituierter, Drogenhändler, Messerheld. Wir haben Erfahrung mit diesen Kerlen», belehrte er mich weiter, «zudem kommen die gleichen Delinquenten immer wieder in unsere Hände.»

Was sollte ich auf solche Feststellungen antworten? So nickte ich flüchtig, indem ich das Heer der eingebrachten Jungen aufmerksam musterte. «Was geschieht nun weiter?» fragte ich, obgleich ich wusste, dass meine Frage sinnlos war.

«Sie kommen in Jugendheime», lautete denn auch die erwartete Antwort. «Dort . . .», und nun schien der Kommissar unter meinem zweifelnden Blick nach passenden Worten zu suchen. «Dort . . . unternehmen die Behörden alles, um auf die Burschen einzuwirken. Erzieherische Massnahmen, verstehen Sie, Schulen, Pädagogik, Psychologie und so . . ., es gibt sogar Werkstätten. Aber die Gamines sind gewöhnlich zu faul und laufen auch immer wieder davon.»

Ich stellte mir den Rhythmus dieses Teufelkreises vor: Gefangennahme durch die Polizei — Transport nach dem Jugendheim — Zwang und Erniedrigung — Flucht zur Gruppe der Kameraden — «Unternehmungen» auf Plätzen und in Gassen — Tage des Überflusses und des Prassens — Hungertage — «Unternehmungen» — Polizeipfiffe und Knüppelschläge — Jugendheim — Flucht . . . «Kennen Sie einen Jungen namens Ricardo, dem

Aussehen nach etwa 15 Jahre alt?» Dies war die erste konkrete Frage, die ich im Kommissariat an den Beamten zu stellen wagte.

«Was haben Sie mit ihm zu schaffen?» war die Gegenfrage des Beamten.

«Ich möchte ..., ich gedenke ...»

Meine Unsicherheit schien dem Kommissar zu missfallen. So suchte ich nach einer verständlichen Erklärung: «Sein Stiefvater, Señor Carlos Valencia, ist mein Freund.»

«Und dieser wünscht, den entlaufenen Burschen wieder bei sich zu haben?»

Von neuem kam ich ins Stottern. «Nein, nein, aber ich suche Ricardo ...»

Der Beamte warf nochmals einen prüfenden Blick auf das vorgezeigte Dokument. Dann wandte er sich an den Polizeioffizier, der den Zug der Gefangenen unter seine Befehlsgewalt genommen hatte. Dieser stellte fest, dass sich Ricardo nicht in der Schar der festgenommenen Jugendlichen befand. Der Kommissar entliess mich schliesslich mit der Zusicherung, dass man mich beim Auftauchen des gesuchten Jungen benachrichtigen werde.

Es verging beinahe eine Woche, bis mich ein Telefonanruf auf den Quartierposten der Polizei bestellte.

«Wir haben den Gesuchten heute eingefangen», meldete der Postenchef und wies auf einen Burschen hin, der am Boden kauerte.

Der Beamte setzte sich auf den einzigen Stuhl, der sich in dem Amtsraum befand und begann in einem Aktenbündel zu blättern. Durch seine Haltung drückte er wohl die Absicht aus, sich aus unserem Handel herauszuhalten. Ich betrachtete die schmächtige Gestalt, aber der Junge wandte sich von mir ab.

«Ricardo», begann ich schliesslich, «Du hast ...»

«Ich kenne den Herrn nicht», sagte eine heisere Stimme.

«Du erinnerst dich sicher an unsere Begegnung, du hast mir doch geholfen, das Geld aufzulesen.»

«Ich kenne den Herrn nicht», wiederholte die heisere Stimme.

Noch immer hielt der Bursche sein Gesicht der Wand zugekehrt.

«Für deine Hilfe möchte ich dir eine Belohnung geben», fuhr ich fort.

«Ich kenne den Herrn nicht», sagte der Junge noch einmal, indem er mich von der Seite zu mustern schien. Nun mischte sich der Polizeibeamte in unser einseitiges Gespräch: «Wie gross ist die Belohnung?» fragte er. «Gegen den Festgenommenen liegt eine Klage wegen eines Entreissdiebstahls vor. Der Wert der geraubten Tasche samt Inhalt wird mit 150 Pesos angegeben. Wenn der Herr gewillt ist, den Betrag zu hinterlegen, könnte ich den Jungen freilassen.»

Nach Bezahlung der geforderten Summe samt einem Zuschlag für Schreibgebühren — ein amtlicher Ausdruck für Schmiergeld — verliess ich den Posten, begleitet von Ricardo.

Ohne ein Wort zu sprechen, überquerten wir den grossen Platz, wobei ich meinen Gefährten einmal richtig betrachten konnte: für sein Alter viel zu klein, auch zu mager, in schmutzigen Hosen schritt er neben mir her. Als Oberkleid trug er eine Art Hemdbluse, die ihn gegen den scharfen Wind nur notdürftig schützen konnte. Ich nahm auch das scharfgeschnittene Profil des jungen Indio wahr, ebenso seine schwarzen, langen Haare, die wirr in seine Stirne hingen. Es war ein verschlossenes Gesicht, voll finsterer Abwehr.

Noch immer blieben wir stumm, der Anfang eines notwendigen Zwiegesprächs war mir überlassen. Nun wandte Ricardo den Kopf zur Seite, überflog mit einem raschen Blick den Platz samt den angrenzenden Gassen . . ., blickte mich wieder an . . . Ich spürte beinahe körperlich, wie sich seine Gestalt duckte.

Unvermittelt richtete sich der Junge wieder auf, und durch die Windstösse hindurch hörte ich seine rauhe Stimme: «Das Geld auf dem Boden gehörte nicht dem Señor.»

«Darum habe ich es der Frau zurückgegeben, ehe ich dir nachlief. Warum hast du mir geholfen?»

Ein Achselzucken war die Antwort.

«Was wollen Sie von mir?» fragte der Junge plötzlich. Nun war die Reihe an mir, mit einem Achselzucken zu antworten.

«Du hast mich erstaunt», sagte ich schliesslich. Wieder stockte unser Gespräch. «Hast du Hunger?»

«Seit die Polizei mich geschnappt hat, bekam ich nichts mehr zu essen.»

Nach kurzer Zeit sassen wir in einer Bar, und Ricardo kaute an einem doppelten Sandwich. Er verschlang das Brot mit hastigen Bissen, nachdem er mit der Zunge über die aufgelegte Schinkenwurst geleckt hatte. Zufrieden schaute ich dem Jungen beim Verzehren der Brotschnitten zu.

Aber sogleich verwünschte ich diese Regung, die mich an rührselige Kinderbuchgeschichten meiner Jugend erinnerte. Die Wirklichkeit dieses Beisammenseins wurde mir nun so stark bewusst, dass ich meine Umgebung erst jetzt richtig bemerkte: die dunkle Bar — die schmutzigen Stühle — die unförmige Hemdbluse — die zerrissene Hose — das kauende Kind.

Und ich nahm den schlechten Geruch wahr, den muffige Kleider verbreiten, währenddem ich das Kind in seinem Schmutze betrachtete. «Hast du genug gegessen?»

Ein Kopfnicken, dann: «Noch ein Sandwich — zum Mitnehmen!»

«Wo gehen wir hin?» fragte nun der Junge.

«Ich weiss nicht . . ., möchtest du für mich arbeiten? Botengänge machen? Mir die Sehenswürdigkeiten der Stadt zeigen? Was könntest du noch tun?»

«Früher habe ich als Schuhputzer gearbeitet, aber jetzt besitze ich kein Putzzeug mehr. Meine Compañeros haben mir das Putzkästchen weggenommen, es waren die vier Grossen unserer Gruppe . . . und wenn ein Unternehmen gut lief, haben sie das meiste für sich behalten. Auch Prügel habe ich bekommen. Einmal ist Fernando, der Hinkende, sogar mit dem Messer auf mich losgegangen. Aber dieses hier hat mich vor dem Unglück beschützt!» Damit deutete der Junge auf einen Anhänger, den er, durch die Hemdbluse halb versteckt, am Hals trug.

«Lebst du immer noch mit den Kameraden zusammen?»

«Nein, seit langer Zeit wohne ich in der Burg.»

«In einer Burg?»

«Nun, dort oben, am Monserrate befinden sich unsere Kellerräume in einem verfallenen Haus. Wir nennen den Steinhaufen ‹El Castillo›.»

Meine Neugierde war erwacht, und ich schlug dem Jungen vor, gemeinsam seine Wohnstätte aufzusuchen.

Doch Ricardo wehrte energisch ab: «El Comerciante hat es mir verboten, die Burg einem Unbekannten zu zeigen.»

«Ist der Händler dein Freund?» forschte ich weiter.

«Mit welchen Waren handelt er denn?»

Wieder einmal folgte ein Achselzucken als Antwort.

«Er verkauft also Verbotenes?»

«Er selber verkauft nichts, er gibt das Material ab. Der Stoff wird durch die Jungen seiner Gruppe verteilt. Die stehen dann vor den Universitäten und den Schulhäusern. Auch auf den Strassen haben sie ihre Orte . . .» Ricardo erzählte mir auch, dass der Händler nicht im Castillo wohne, anscheinend befand sich dort sein Lager.

«Und die Polizei?» wollte ich wissen.

Im Gesicht meines Gefährten bemerkte ich ein schlaues Lächeln: «Früher sind die Kerle öfters gekommen, aber nun ist ein neuer Kommissar auf der Polizeistation — man sagt, er sei ein Freund vom Comercianten.»

Ich überlegte eine kurze Weile, dann gab ich meinem Begleiter die Adresse des Hotels, in dem ich wohnte.

«Du wirst mich morgen gegen neun Uhr abholen.»

Der Junge blickte mich stumm an, und ich bemerkte, wie er mit der rechten Hand den Anhänger ergriff.

«Was trägst du da am Hals?»

«Es ist ein Andenken an meinen Vater», sagte er und hielt mir ein Medaillon entgegen. Es war ein hässliches Ding aus Silberblech, das die Jungfrau Maria darstellte, eine beleibte Himmelskönigin, in einen weiten Mantel gehüllt und von einem Strahlenkranz umgeben.

«Ich werde kommen», sagte der Bursche.

Am nächsten Morgen verliess ich zur abgemachten Zeit mein Hotel und fand auch gleich die schmächtige Gestalt, am Boden kauernd. Ricardo hatte auf mich gewartet, und dieser Vorgang wiederholte sich in den folgenden Tagen in immer gleicher Weise: «Buenos dias, Señor» — «Buenos dias, mi amigo.»

Wir schlenderten über Plätze und durch Anlagen, entlang den Avenidas und Carreras. Wir besuchten alte Kirchen und besichtigten die Museen. Mein junger Freund kannte sich in den Sehenswürdigkeiten der Stadt aus. Wenn er bei guter Laune war, wusste er manches zu erzählen. Er machte mich auch auf andere Strassenjungen aufmerksam und führte mich auf mein Verlangen hin zu den Schlafstätten von befreundeten Gamines. Es waren in der Regel dumpfe Kellerlokale oder Bretterverschläge in Hinterhöfen oder an den Berghängen. Durch meinen Gefährten lernte ich die Orte kennen, die für Überfälle oder Entreissdiebstähle besonders geeignet waren. Es handelte sich um Strassen und Plätze mit anliegenden Gassen, in denen man rasch verschwinden konnte. Ricardo unterwies mich auch in der Kunst des Bettelns: «Die Kirchen und die Treppen davor sind besonders geeignet. Dorthin kommen die Leute aus dem Gottesdienst und haben dann ein schlechtes Gewissen. Auch bei Festgelagen und bei den Veranstaltungen der Reichen können wir gut verdienen. Manchmal gibt es zwar Stockhiebe von den Wächtern. Aber die Teilnehmer fürchten unser Geschrei und den Tumult, der nachher entsteht und geben uns lieber etwas ab, ehe sie uns fortschicken.»

Als wir eines Tages durch den prächtig angelegten Nationalpark schritten, erkundigte ich mich nach den Zukunftsvorstellungen meines Begleiters. Eine Weile blieb Ricardo stumm, dann sagte er: «Bandolero» . . . und etwas später «vielleicht auch Präsident der Republik.» Ich betrachtete den Jungen von der Seite. Er schien über meine unangebrachte Frage nachzudenken. Eine Art

Lächeln überflog sein Gesicht, aber seine schwarzen Augen blickten mich ernst an.

In den Tagen unseres Beisammenseins hatte ich den Burschen neu eingekleidet. Er unterschied sich in seinem äusseren Aussehen nun nicht mehr von den Söhnen der wohlhabenden Familien, die im Norden der Stadt wohnten. Ein schlecht gekleideter Gamin in Gesellschaft eines Europäers wäre sicher aufgefallen! Etwas mehr als eine Woche war inzwischen verstrichen, und mein Aufenthalt in Bogotá neigte sich seinem Ende zu.

Noch hatte ich Ricardo über meine bevorstehende Abreise keine Andeutung gemacht — eine gewisse Furcht liess mich immer wieder verstummen, wenn ich meinem Freund diese Mitteilung machen wollte. Aber es musste endlich sein, und so begann ich zögernd: «Ricardo, du weisst, ich bin nur als Tourist hier, denn ich wohne ja in einem anderen Lande.»

Der Junge antwortete nicht, aber ich bemerkte in seinem Gesicht einen Ausdruck von gespannter Aufmerksamkeit. Ohne zu sprechen, schritten wir eine Zeitlang weiter.

«Ich habe in der Zeit unseres Beisammenseins über dich nachgedacht», fuhr ich schliesslich fort, «und wir haben auch viel miteinander gesprochen, über die Menschen, über deine Kameraden, über die Jugendheime, über dich, über mich, und so habe ich versucht ...»

Erneut beobachtete ich meinen kleinen Gefährten, in dessen Gesicht ich nun jene vollständige Verschlossenheit wahrnahm, wie am Tage unseres ersten Zusammenseins.

Ich spürte ein so starkes Gefühl von Versagen und Hilflosigkeit in mir aufsteigen, dass ich leer schlucken musste. Schliesslich zwang ich mich zu einem Weitersprechen: «Du erinnerst dich an Señor Ramos, den wir in seinem Haus an der Calle 64 besucht haben?»

Noch immer schwieg Ricardo, er nickte nur und deutete damit an, dass er meinen Worten gefolgt war. «Nun ..., diesem Herrn habe ich Geld für dich übergeben ..., du darfst jederzeit zu ihm gehen, er wird dir weiterhelfen. Ich werde dir nach meiner Abrei-

se auch regelmässig schreiben. Ich denke, du wirst mir auch ...»
Ich verstummte, und ohne zu sprechen, schritten wir weiter.

«Wann?» fragte der Junge unvermittelt.

Wieder musste ich gegen meine Feigheit ankämpfen, ehe ich antwortete: «Morgen werde ich abreisen.»

Hatte ich den harten Zug im Gesicht von Ricardo früher noch nie bemerkt? Oder war es mehr eine Art Verachtung, die ich in den schwarzen Augen meines Gefährten wahrzunehmen glaubte?

«Also morgen», sagte er, und seine heisere Stimme klang noch tiefer als gewöhnlich.

«Versteh doch, Ricardo», versuchte ich erneut zu erklären.

«Man erwartet mich in meiner Heimat ..., meine Familie ..., meine Arbeit ...»

«Also morgen», wiederholte die rauhe Stimme. Dann setzten wir unseren Weg fort, ohne ein weiteres Wort zu sprechen.

Wir langten bei meinem Hotel an. Eine Weile blieben wir stehen, der Junge schweigend, mit gesenktem Kopf. Ich versuchte meine innere Bewegung hinter einer Miene von Gelassenheit zu verbergen. «Ich werde dich nicht vergessen», sagte ich schliesslich und hielt meinem Gefährten die Hand zum Abschied entgegen.

Noch immer stand der Junge da. Dann trat er plötzlich auf mich zu, umfasste mich mit beiden Armen und presste den Kopf an meine Brust. Langsam löste er sich von mir, ging zwei, drei Schritte zurück, schaute mir voll ins Gesicht und wandte sich dann mit einer schnellen Bewegung um. Schon rannte er über den Platz, eilte und jagte davon wie damals, am ersten Tag unserer merkwürdigen Bekanntschaft. Ricardo verschwand im Gewirr der Gassen, ohne sich ein einziges Mal umzuwenden.

Die nächsten Stunden verbrachte ich mit Packen und der Vorbereitung meiner Abreise. Müde und bereits etwas ärgerlich geworden, verschloss ich meinen Reisekoffer und wollte mich zur Ruhe legen. Vorher jedoch holte ich noch Flugkarte und Pass hervor, um diese Dokumente in meiner Brieftasche zu versorgen. Ich griff nach der Innenseite meines Rockes, konnte aber das kleine Lederetui nicht am gewohnten Ort finden. Ein böser Gedanke, der in mir aufsteigen wollte, wurde rasch verdrängt. «Nein, dies ist unmöglich», sagte ich laut und begann alle Taschen abzutasten: Oben, unten, links, rechts, innere Rocktaschen, äussere Rocktaschen. Schliesslich kamen Tisch, Stühle, das Bett, die Fenstersimse und auch der Boden an die Reihe, alles wurde systematisch abgesucht. Doch vergeblich.

«Hatte Ricardo vielleicht doch . . .?» Dies war völlig ausgeschlossen. Wo hatte ich nur meine Brieftasche verloren? Ich ging noch einmal vor das Hotel hinaus. An diesem Ort hatten wir uns verabschiedet. Auf dem Platz fand sich nichts, ebensowenig auf den Steinschwellen, die zum Hotel führten. Langsam schritt ich zurück und kämpfte gegen meine grosse Enttäuschung. Es ging ja nicht um den Verlust der Lederhülle, die ein Häuflein Dollarscheine und ein paar Pesos enthielt.

Am nächsten Morgen stand ich zeitig auf. Die Flugscheine und der Pass erinnerten mich an den Vorfall. Ich konnte die Dokumente auch ohne Brieftasche aufbewahren. Glücklicherweise besass ich noch genügend Kleingeld für die Taxifahrt. Im Flughafen drängte ich mich durch die wartende Menge. Als ich bei der Abschrankung durchkam, musterte mich der Beamte genauer und suchte nach meinem Namen im dargereichten Pass.

«Dies wurde für Sie abgegeben», sagte er und hielt mir ein kleines Paket hin, das mit einer dicken Schnur verknotet war. Da ich keine Hand mehr frei hatte, steckte mir der Beamte den Gegenstand in die Manteltasche. Die Abfertigung war vorüber, und ich konnte meinen Sitz im Flugzeug einnehmen. Dort versuchte ich mich auf die lange Reise einzurichten, gequält von einer Nacht mit wenig Schlaf und müde nach dem üblichen Gehetz und Gejage der letzten Stunden.

Endlich begann die Maschine zu rollen, das Flugzeug hob ab und stieg steil in der klaren Luft des frühen Morgens empor. Eine fahle Sonne stand am Himmel und warf ihr weissliches Licht über die Stadt, deren Hochhäuser, Kolonialbauten und Elendsquartiere unter mir zusehends unwirklicher wurden.

«Adiós, Bogotá», sagte ich halblaut. Dann erinnerte ich mich an das kleine Paket, das sich in der Tasche meines Mantels befand. Mit ungeschickten Fingern begann ich die starken Knoten der Schnur zu lösen. Meine Hände zitterten, als ich die Papiere der Umhüllung auseinanderfaltete. Beim Greifen des ersten Blattes schon glaubte ich zu erraten, was ich nun wirklich fand: es war meine Brieftasche — meine leere Brieftasche, die ich in der Hand hielt.

Einen letzten Blick noch warf ich nach der entschwindenden Stadt. Dann begann ich einen kleinen Gegenstand, welchen ich unten im Paket fand, von seiner Hülle zu befreien. Ein Medaillon fiel mir in die Hand; es war die Jungfrau Maria, aus Silberblech angefertigt, in einen weiten Mantel gehüllt und mit ihrer Himmelskrone geschmückt.

# Drei Körner von gelbem Mais

Diese Geschichte versucht von dem Fest zu erzählen, das alljährlich in einer städtischen Siedlung des ecuadorianischen Hochtals gefeiert wird. Mit meinem Freund Max besuchte ich jenes Bergland gerade zu der Zeit, da die Indios mit den ersten Vorbereitungen zu ihrem Fest beschäftigt waren. Wir beide wurden Zeugen derart erstaunlicher und verwirrender Ereignisse, dass ich noch heute, nach meiner Rückkehr in die Heimat, zweifle, was denn Wirklichkeit und was bloss Traum gewesen war. Auch mein Tagebuch, das ich stets auf Reisen mit mir führe, vermag nur wenig Aufschluss zu geben, denn damals fand ich kaum Zeit, das Erlebte auch aufzuzeichnen. So befinde ich mich in einem etwas hilflosen Zustand. Trotzdem hoffe ich aber, aus den Bruchstücken meiner Erinnerung und dem wenigen, was meine Blätter berichten, einen halbwegs sinnvollen Zusammenhang zurechtzubringen.

Mein Landsmann Max zählte gerade dreissig Jahre, noch immer war sein Wesen von einer ausgesprochenen Jugendlichkeit. Mit seinem hohen Wuchs überragte er die meisten Indios, und sein schmales, ja längliches Gesicht, die hellen Augen und ganz besonders der blonde, starke Bart setzten ihn zu den Indianern in einen auffälligen Gegensatz. Stets trug er einfache Kleidung, und niemals war er ohne seine Kamera anzutreffen, denn das Photographieren war ihm sowohl Beruf als auch Leidenschaft.

Bis in die letzten Jahrzehnte hinein wurde die jährliche Feier des Yamor von den Indios auch in ihren Pueblos rund um die Stadt begangen. Es war ein Fest des Trinkens, der Gesänge und der Tänze. Dann verlegte man die gesamten Feierlichkeiten nach der hochgelegenen Stadt und schloss auch die Fremden von der Teilnahme nicht mehr aus. Tausende von Indios strömten jährlich aus dem weitverzweigten Hochtal nach dem Marktflecken, um in bunten Trachten, in Masken und mit altertümlichen Musikinstrumenten versehen die alten Zeiten neu auferstehen zu lassen.

Während des Festes wurde ein Maisbier getrunken, das es nur im Hochtal gab und das ausschliesslich für die Festzeit zubereitet wurde.

Eine alte Sage erzählt von der Entstehung der Menschen.

Erst wurde die Gestalt des Menschen aus roter Tonerde erschaffen. Aber die Schöpfungsgötter hatten keine Freude an ihrem Werk. Denn die Geschöpfe waren dumpf und ungelenkig, die Götter verwarfen deshalb die unvollkommenen Wesen. Dann formten sie neue Menschengestalten mit gleichmässigen Körpern und gelenkigen Gliedern, die den Himmlischen mit Opfern dienen sollten. Aber die Menschen waren vergesslich, undankbar und eigennützig, und die Schöpfer warteten vergeblich auf die ihnen zukommenden Gaben. Da verschlangen Sturm, Regen und Erdbeben die Undankbaren, und die Schöpfer mussten zum dritten Mal ihr Werk versuchen. Nun formten sie Gliedmassen, Körper und Köpfe der irdischen Wesen aus gekochtem Mais. Und wirklich, das neue Menschengeschlecht war dankbar, verehrte die Himmlischen in Tempeln und brachte ihnen reiche Opfergaben dar.

Seit langer Zeit wird dieses Geschehen im Hochtal durch ein grosses Fest gefeiert. In Erinnerung an das Schöpfungswerk bereiteten die Einwohner den Yamor, den sie den «Göttertrunk» nennen.

Auch wir beide versuchten kurz nach unserer Ankunft den Yamor. Max kostete das grau schimmernde Maisbier, das uns die dicke Indianerin in einem Steinkrug reichte. Mein Freund behielt den ersten Schluck lange im Mund, ehe er ein Urteil gab: «Es schmeckt sonderbar!» Ich nahm ebenfalls einen Schluck, nachdem ich auf einem Hocker in der Holzhütte Platz genommen hatte.

Ich musste mich zuerst an den starken Geschmack gewöhnen, an das Bittere und an das Süsse des Getränkes. Drei junge Mädchen schauten uns beim Trinken zu.

«Um den Yamor herzustellen werden alle Maisarten vereinigt: gelber Mais, weisser Mais, dunkler Mais, roter Mais . . .»

Diese Auskunft erteilte uns Mutter Maria, die in der Bretterbude mit dem Schöpflöffel hantierte. Sie erzählte auch, dass dem Maisbier Honig beigemischt werde sowie bestimmte Hochlandkräuter, welche den bitteren Geschmack erzeugten. Wir tranken einen Becher nach dem andern, die India erzählte Geschichten über die Herstellung des Getränks, und die Mädchen betrachteten uns aus dem Hintergrund. Allmählich verloren die jungen Töchter etwas von ihrer Scheu, zwei von ihnen traten aus dem Schatten, und ich konnte die Schönheit der jungen Indianerinnen bewundern. Es waren kleine, zierliche Geschöpfe, in dunkelblauen Röcken und reichverzierten Miedern, mit vielfach verschlungenen, bunten Ketten um den Hals. Ihre dunklen Augen hatten sie heimlich auf uns gerichtet, hielten sich aber immer in gehöriger Entfernung. Sie sprachen nicht, lachten nur leise in einem silberhellen Ton. Blickten wir sie an, so senkten sie sogleich die Augen, neigten die Köpfe nach vorn und betrachteten mit grosser Aufmerksamkeit den gestampften Lehmboden.

«Sind es deine Töchter?» fragte ich die India. Sie antwortete mit einem zustimmenden Kopfnicken.

Bemerkenswerterweise vermochten wir uns schon nach kurzer Zeit mit Mutter Maria anzufreunden, was so rasch und mit dieser spürbaren Herzlichkeit bei Begegnungen mit Indianern sehr selten vorkommt.

Die alte India erzählte später, dass sie uns beim Trinken des Maisbiers genau beobachtet habe, mich, den älteren, und Max, den jüngeren der beiden Gringos. Unser langsames Prüfen des Getränkes hätte ihr Eindruck gemacht.

«Erst habt ihr das Bittere des Yamor gespürt», sagte sie, «und eure Mienen drückten die Abscheu vor dem Unangenehmen und Bitteren aus. Auf diese Weise empfinden auch wir Indianer. Wir fühlen die Bitternis des Lebens, und wir sind voller Abwehr gegen das Leid. Dann aber habt ihr den Honig im Maisbier gekostet, und eure Augen glänzten, und ihr wurdet fröhlich. Trotz allem Schweren geniessen auch wir Indios den ‹süssen Tropfen› des Lebens.»

Damals in der Bretterhütte kannte ich die heimlichen Gedanken der Alten nicht. Aber wir beide spürten von ihrer Seite eine ungewohnte Zuneigung und nahmen gerne die Einladung an, bei ihrer Familie im Barrio San Sebastián während der Festtage zu wohnen.

Der bedeutendste Zug im Charakter meines Freundes war seine Schlichtheit.

Kann aber die Schlichtheit eines Menschen für andere augenfällig sein? Besteht nicht das Wesen dieser Eigenschaft darin, dass man sie überhaupt nicht wahrnimmt? Trotz dieser Bedenken wiederhole ich: mein Freund war ein schlichter Mensch, der nie auffiel und sich nie aufdrängte, weder durch seine Wesensart noch durch seine Handlungen. Man sagt: dieser oder jener trägt ein schlichtes Kleid — man könnte ebensogut sagen: dieser Mensch trägt ein schlichtes Wesen. Max «trug» diesen Wesenszug. Wer ihn kennenlernte, bemerkte es anfänglich nicht. Weder in seiner Kindheit noch in der Ausbildung und im Beruf nahmen Aussenstehende diese Eigenschaft wahr. Im Verlaufe der Zeit aber konnten alle, die Max näherstanden, diesen Charakterzug wahrnehmen. Es waren Menschen, die «schlicht» nicht mit «farblos», «unscheinbar» oder gar «unpersönlich» verwechselten. Max war ein Mensch mit einer ausgesprochenen Persönlichkeit, die in ihrer Schlichtheit bestand.

Doch nicht nur dies. Schon im kindlichen Alter liess sich bei ihm ein fast bedächtiges Annehmen von menschlichen Daseinsformen und Ereignissen beobachten. Das Kind zögerte, staunte — dann aber schien es das Ungewohnte in seine Welt einzuordnen — oder es fügte sich seinerseits ein. Nicht zufällig hat Max später den Beruf eines Photographen gewählt. Er versuchte die Dinge der Welt festzuhalten, zu bannen - doch in keiner Weise zu verändern. Nie hätte er beispielsweise durch Verwendung eines roten Tuches oder durch das Umstellen von Gegenständen eine andere Wirkung erzielen wollen. Max «nahm die Welt an», wie sie sich ihm im äusseren Bild darbot.

Mit der Zeit kam ich zur Erkenntnis — und dies stimmte mit meinen übrigen Beobachtungen überein —, dass die Aufnahmen von Max durch die äusseren Hüllen hindurchdrangen. Ich erinnere mich noch deutlich an seine Bildserie: «Der Baum», vier Photographien, die in einem Wettbewerb den ersten Preis errangen. Es handelte sich um Aufnahmen von einem Kirschbaum, die während der vier Jahreszeiten stets vom gleichen Standort aus gemacht worden waren. Beim ersten Betrachten zeigten sich die Photos anspruchslos, es war der gleiche Baum im Frühling, Sommer, Herbst und im Winter. Der Vordergrund war kaum wahrnehmbar, und ebenso fasste der Photograph den Hintergrund nur spärlich ins Bild. Es fehlten Berge und Horizonte, es fehlte das, was üblicherweise als «die Landschaft» bezeichnet wird. Die Serie bestand aus «schlichten Aufnahmen». Aber da stand ein Baum, der zu treiben begann, der Knospen bildete, der blühte und duftete, der sich ein grünes Kleid überzog, der Früchte ansetzte, die zu süssen Kirschen reiften, der seine Äste und Zweige in einen klaren Sommerhimmel hinausstreckte, bis im Herbst die Blätter zu farbigen Punkten wurden, der sich in den Novemberstürmen bog und der mit seinem schwarzen Skelett in einer kalten Schneelandschaft überwinterte.

Der Photograph hatte seinen Apparat immer in derselben Distanz und in der gleichen Richtung zum Baum gehalten, er hatte nichts verändert, aber er nahm die Veränderungen der Natur an. Und durch seine Bilder konnte auch der Betrachter an dieser lebendigen Wandlung teilnehmen.

Mutter Maria, in deren Haus wir beide noch am gleichen Tage eingezogen waren, erzählte uns, wie der Yamor hergestellt wurde. «Ich selbst durfte den Göttertrank nicht zubereiten» — fügte sie mit einem lustigen Lachen hinzu; «denn nach der Überlieferung ist es nur Jungfrauen erlaubt, den ausgesuchten Mais zu berühren und die verschiedenen Maissorten zu mischen. Es sind vorgeschriebene Formen aus alten Zeiten, die heute wie früher eingehalten werden: das Einlegen der Körner, das Keimenlassen und das Zerreiben des Maises mit den Mahlsteinen. Die Sonnenjungfrau, unterstützt von ihren Gefährtinnen, muss nach dem Orakel die günstige Zeit für das Mahlen in Erfahrung bringen. Der Tag soll wolkenlos und klar sein, damit die Sonne den Jungfrauen bei der Arbeit zuschauen kann. Die Vorschrift verlangt, dass die Mädchen in Richtung des Sonnenaufgangs blicken, während sie die Körner zu einem dicken Brei mahlen.» «Wer die Überlieferung nicht genau befolgt» — fügte die Indianerin in ernstem Ton hinzu — «den wird das Unglück treffen.»

«Der Maisbrei muss in einem glänzenden Metallbecken auf einem Holzfeuer während vieler Stunden zu einem dünnflüssigen Bier verkocht werden. Dann wird das Getränk in Tongefässe abgefüllt, denn der Ton ist die Erde, ist der Ursprung, ist die starke Mutter der Natur. Nach einiger Zeit bildet sich an der Oberfläche der Flüssigkeit eine fettige Schicht, die Blume. Dies ist das Zeichen, dass die Chicha zum Trinken bereit ist. Es verstreichen noch einige Tage, und in dieser Zeit müssen sich die Sonnenjungfrauen aller gekochten Speisen enthalten, sie dürfen auch nur Wasser trinken. Mit Beginn des Festes aber geniessen alle Jungfrauen den Yamor, ehe sie ihn den Festteilnehmern ausschenken.»

Die Familie von Mutter Maria bestand aus fünfzehn bis zwanzig Personen. Genauer kann ich mich nicht ausdrücken, denn es war beinahe unmöglich, herauszufinden, wer zum eigentlichen Familienkreis gehörte. Auch die entfernten Verwandtschaftsbande sind für die Indios des Hochtales von grosser Wichtigkeit. Sie besitzen zahlreiche Brüder und Schwestern, Nichten und Neffen, Vettern und Basen. Mit Bezeichnungen wie «mein Bruder» oder «meine Tochter» können ebensogut weit entfernte Verwandte gemeint sein. Im sozialen Gefüge des Hochlandes spielen diese Beziehungen eine wichtige Rolle. Marktfahrer lassen etwa bis zum nächsten Termin ihre Waren bei einer Tante zurück, da der Transport bis zum Wohnort mit ausserordentlichen

Schwierigkeiten verbunden ist. Kinder, die in einer Siedlung zur Schule gehen, wohnen bei ihren Verwandten, sofern die eigenen Eltern ausserhalb der Schulgemeinde sesshaft sind. Man besucht sich während Tagen und Wochen oder auch über Monate. Diese familiären Bindungen stammen aus alten Zeiten, als noch die Grossfamilien und die Schollengemeinschaften die Zentren der Hochtäler bildeten. Damals wurde von den Dorfangehörigen gemeinsam angebaut und gemeinsam geerntet. Die Erträgnisse der Maisfelder und der Baumwollkulturen wurden verteilt, je nach Grösse der Familien. Die Gemeinschaften haben sich auch in der Kolonialzeit erhalten, oft als die einzige Überlebensmöglichkeit der ausgebeuteten Indios, und bewahrten sich vielfach — wenn auch in gewandelter Form — bis heute. Der gemeinsame Ackerbau ist verschwunden, aber immer noch sucht der einzelne Mensch Schutz und Hilfe bei seinen Familienangehörigen.

«Meine Töchter», pflegte die alte India zu sagen, wenn sie auf Rosita und Virgen hinwies. Andere Kinder hatte sie nicht mehr im Haus, einige Töchter lebten verheiratet in Pueblos, einige Söhne arbeiteten in entfernten Siedlungen, verschiedene ihrer Kinder waren bereits gestorben. Aber das ganze Haus wimmelte von jungen Leuten, die bei Mutter Maria wohnten und an ihrem Tisch assen.

Die beiden Mädchen waren unzertrennlich. Sie führten gemeinsam den Haushalt, schliefen in der gleichen Kammer, begleiteten einander bei den Ausgängen, und während des Festes schenkten die jungen Indianerinnen in einer Bretterbude den Yamor aus.

Anfänglich konnte ich Rosita, welche eine wirkliche Tochter des Hauses war, von Virgen, einer Nichte der Alten, nicht unterscheiden. Dies hing mit der ängstlichen Zurückhaltung der beiden zusammen. Wenn wir Gäste das Haus betraten, zogen sie sich sofort zurück. Beim Essen blieb ihr Platz leer, und am gemeinsamen Gespräch beteiligten sie sich nie. Von Zeit zu Zeit jedoch ertönte aus dem dunklen Hintergrund der Küchenecke ein helles Lachen, besonders dann, wenn Max in seinem fehlerhaften Spanisch etwas zu erzählen wusste. Dies zeigte mir wohl an, dass sie uns zuhörten und auch Kenntnisse in der Landessprache haben mussten. Unter sich sprachen sie ein indianisches Idiom, das noch aus der Zeit der Inkaherrschaft stammen mochte.

Später ist es mir klar geworden, warum ich Rosita und Virgen für zwei Mädchen von derart grosser Ähnlichkeit gehalten hatte. Da sie von gleicher Gestalt und Grösse waren, sich gewöhnlich im Halbdunkel aufhielten und beim Nähertreten das blaue Kopftuch über das Gesicht zogen, konnte man sie leicht verwechseln. Nicht umsonst nannten Max und ich die beiden «Zwillinge», und Mutter Maria samt ihrer Familie hatte an unserer Bezeichnung ihren Spass.

Schon als ich von der ersten Begegnung mit den jungen Mädchen sprach, habe ich auf ihre Schönheit hingewiesen. Das Profil zeigte einen edlen Schnitt, die nachtdunklen Augen und das blauschwarze Haar standen in Harmonie zu dem bräunlichen Gesicht, dessen Anmut durch seine Jugendlichkeit noch erhöht wurde. Wenn die Mädchen durch den Hof oder durch den Hausflur gingen, berührten sie mit ihren kleinen Füssen kaum den Boden, wenn sie in Eile waren, hörte man ein feines Trippeln, ein Geräusch, das durch ihre blossen Füsse hervorgerufen wurde und sich angenehm vom schweren Schlurfen der alten Indianerinnen unterschied.

Es verging einige Zeit, bis ich wahrnahm — auch Max hatte darüber nie eine Bemerkung fallen lassen —, dass wir immer nur das Gesicht von Rosita erblickt hatten. Virgen hielt sich stets im Hintergrund oder verhüllte ihr Gesicht.

War das Mädchen wohl besonders argwöhnisch und hatte Furcht, sich den Fremden zu zeigen? Mutter Maria wagte ich nicht darnach zu fragen.

Seit dem Beginn des Festes zeigte sich im Hochtal die Erinnerung an frühere Zeiten wieder stärker, und ich wusste, dass viele Tabus «für die andern» verschlossen bleiben mussten. Wenn Max und ich das helle Lachen der beiden hörten, wenn wir die

Mädchen in ihren Festtagskleidern an uns vorüberhuschen sahen, rätselten wir oft, welches Mädchen nun Rosita und welches Virgen sein könnte.

Das grosse Fest begann mit einem bunten Markt, an dem die Bevölkerung des verzweigten Hochtales teilnahm. Von allen Seiten strömten die Indios nach dem Hauptplatz, der von zahllosen Verkaufsständen eingenommen wurde. Nach alter Sitte trugen die Männer ihren langen geflochtenen Zopf und erschienen in ihrer Festtagstracht, den weiten weissen Hosen aus Baumwolle und dem Poncho. Die Frauen kleideten sich mit einem weissen Oberkleid und einem dunkelblauen Rock, sie schmückten sich mit vielfach verschlungenen Ketten aus buntem Flitterkram. Den Kopf bedeckten sie mit einem Tuch, das ebenfalls aus blauem Baumwollstoff hergestellt war.

Wir beiden Fremden schlenderten an den Marktständen vorbei und bewunderten die Ponchos, Kittel, Umhangtücher, Blusen, die in allen Farben leuchteten und die unter lautstarken Anpreisungen zum Verkauf angeboten wurden. Es herrschte ein Durcheinander von Einheimischen und zugereisten Leuten aus der Hauptstadt sowie einzelnen Amerikanern. Diesem Bild entsprach auch das Sprachengewirr, das sich aus Quechua und Spanisch zusammensetzte. Unter sich sprach die Bevölkerung, die sichtlich auf Tradition hielt, die Sprache der Überlieferung. Wer handeln wollte, bediente sich des Spanischen, der offiziellen Sprache des Landes. Besonders geschäftstüchtige Frauen hatten sogar einige Brocken Englisch aufgeschnappt, mindestens die Zahlwörter der Gringos waren den Marktweibern geläufig. In Kleidung und Sitte zeigten die Leute des Hochlandes ein stolzes Selbstbewusstsein; im Handeln glich man sich auch den fremden Marktbesuchern an. Dies ergab höhere Preise und bessere Verkaufsmöglichkeiten.

Max liess sich die Gelegenheit zu Schnappschüssen nicht entgehen. Gelassen und beinahe träge näherte er sich einem Verkaufsstand. Er besah die Waren von allen Seiten, prüfte auch dieses oder jenes Tuch, fragte nach Preis und Beschaffenheit, sprach einige Worte mit der Verkäuferin, fuhr einem kleinen Indiomädchen liebkosend über den Kopf. Dann erst zog er seinen Apparat hervor und machte die Aufnahme. Anschliessend wandte er sich mit einem entschuldigenden Lächeln an die Mutter, streichelte noch einmal im Vorübergehen die schwarzen Haare der Kleinen und schlenderte einem neuen Ziel zu. Nie habe ich während unserer Reise festgestellt, dass die Leute unwillig über den Photographen wurden. Seine Ruhe, seine Art, einige Worte zu sagen — oder wenigstens ein Gespräch anzudeuten —, die Beiläufigkeit, mit welcher er photographierte, unterschieden sich völlig von der hektischen und fordernden Art der meisten Touristen. Ich selbst bemühte mich darum, eine dieser Hemdblusen zu erwerben, welche in der umliegenden Gegend hergestellt wurden. Ich bemühte mich wirklich, denn der Kauf dieses Kleidungsstückes war gar nicht so einfach. An zahlreichen Verkaufsständen konnte ich die reich verzierten Baumwollkittel bestaunen. Die Preise indessen hatten sich über Nacht verdoppelt und verdreifacht, und ich wollte — dem Rat unserer Gastgeberin folgend — mich nicht der Zahl von unkundigen Gringos zugesellen. So begann ich über den Preis zu handeln, ein Vorgehen, das viel Zeit erforderte und unter Beobachtung und allmählicher Beteiligung von zahlreichen indianischen Marktbesuchern vor sich ging. Endlich hatte ich ein weisses Oberhemd mit geschmackvollem Zierat in blauer Farbe ausgewählt. Unter Scherzen, Lachen und gegenseitigen Beteuerungen über den zu hohen oder zu niederen Preis wurden wir schliesslich einig. Max beteiligte sich kaum an unserer Auseinandersetzung, einmal jedoch gab er mir einen Wink und wies auf die beiden Mädchen hin, die aus einiger Entfernung dem Handeln gefolgt waren. Ich bemerkte nun, dass eine der Indianerinnen das Gesicht frei trug, während die andere nach orientalischer Sitte sich mit dem Kopftuch verhüllte. Max versuchte eine Aufnahme zu machen, aber Virgen und Rosita hatten sich brüsk umgedreht und verliessen beinahe fluchtartig den Verkaufsstand.

In einer Nebengasse bewunderte ich eine Ausstellung von Keramiktöpfen, die zum Verkauf angeboten wurden. Grosse und kleine Krüge, Schalen und Teller zeugten auch hier vom hohen Kunstsinn der indianischen Bergbewohner und ihrem handwerklichen Geschick. Die Formen der Vasen hielten sich an die Überlieferung und knüpften an die Vorstellungen früherer Epochen an. Schlangen, Katzen, Kondore und Panther wurden damals als heilige Wesen verehrt. Mitten unter den Tonwaren bemerkte ich einen besonders schönen Krug, der aus dunkler Erde hergestellt war und eine menschliche Figur als eingebrannte Zeichnung aufwies. Ich betrachtete das Bild genauer. Es stellte einen jungen Mann dar, dessen Kopf von krausem hellem Haar umgeben war, das wie ein Strahlenkranz das Gesicht des Dargestellten umfloss. Die Strahlen zogen sich weiter nach hinten und wurden immer mehr zu flammenden Blitzen. Was mich besonders faszinierte, war die Tatsache, dass das weisse Gesicht dieser Gottheit von einem dichten Bart umgeben war. Ich suchte in meinem Gedächtnis nach dem Namen des indianischen Idols, das in seiner irdischen Erscheinung mit blondem Haar und Bart dargestellt wurde. «Wie nennst du ihn?» fragte ich die Verkäuferin, die mich die ganze Zeit, ohne zu sprechen, angeschaut hatte. Dabei wies ich auf den bärtigen Mann, welcher auf der altertümlichen Vase eingebrannt war.

Die Alte blickte mich geistesabwesend an, sie schien jemanden zu betrachten, der sich hinter mir befand. Dann schlug sie mit der rechten Hand das Kreuz und starrte ins Leere. «Heilige Mutter Gottes», hörte ich sie murmeln, «es ist Viracocha.»

Ich drehte mich um und bemerkte meinen Freund, der an den Verkaufsstand getreten war. Max nickte freundlich und begann den Abstand zu messen, der ihn von der Ausstellung trennte.

Doch machte er keine Aufnahme, da die India plötzlich verschwunden war. Ich zeigte nach dem Gestell, um meinen Freund auf die seltsame Keramik aufmerksam zu machen. Zu meinem Erstaunen konnte ich die Vase unter den aufgestellten Tonwaren nicht mehr finden. Die Alte musste sie mitgenommen haben, und der junge Verkäufer konnte keine Auskunft geben.

Ich habe an dieser Stelle einen kleinen Irrtum in meiner Niederschrift zu berichtigen. Meiner Meinung nach war es meinem Freund nicht möglich gewesen, die Mädchen am Festplatz zu photographieren. Ich hatte damals nur das jähe Umwenden der beiden bemerkt und wahrgenommen, dass mein Begleiter den Apparat wieder nach unten hielt, nachdem er den beiden nachgeblickt hatte. Am nächsten Tag aber zeigte mir Max das entwikkelte Bild. Ich erkannte die Gestalten von Virgen und Rosita in einer Schar indianischer Marktbesucher, die sich um den Verkaufsstand drängten. Das Gesicht des einen Mädchens strahlte in Jugendlichkeit und zarter Schönheit. Die andere Indianerin hielt ihr Antlitz mit dem blauen Kopftuch verhüllt. Infolge der raschen Bewegung hatte sich die schützende Hülle etwas verschoben. Die linke Wange schien unregelmässig zu sein, als ob sich dort eine Hautwucherung oder ein Feuermal befände. Wir rätselten, ob ein Fehler des Films, ob nur ein Schatten, oder ob die Natur eines der beiden Mädchen verunstaltet hatte.

«Was denkt dein Volk von Viracocha, und was weisst du von den alten Sagen?» fragte ich Mutter Maria, als wir uns an einem Nachmittag im schattigen Garten hinter dem Haus ausruhten.

Die Alte blickte eine Weile vor sich hin und fasste nach dem kleinen Kreuz, das sie immer am Halse trug. Dann nickte sie bedächtig mit dem Kopf. «Wir nennen den Geist mit dem kalkweissen Gesicht Tici Viracocha. Niemand spricht gerne von ihm.»

«Eine Sagengestalt?» war meine weitere Frage.

«Er war der mächtige Gott unserer Ahnen. Seit die Weissen ihn vertrieben haben, zeigt er sich nur noch den Eingeweihten.»

«Auch den Christen?»

«Für den Schöpfer unserer Welt gibt es nur Menschen.» Immer noch drückte meine Gastgeberin das silberne Kreuz an ihre Brust.

Ich entgegnete: «Du glaubst doch an den Gott der Christen, an den Heiland, an die Jungfrau und an alle die Heiligen?»

Mutter Maria schwieg. Dann sprach sie mit leiser Stimme: «Viracocha ist älter als die Christen und ihre Kirche. Er herrschte im Himmel, und ihm brachten die Indios Opfergaben dar. Er lehrte unsere Ahnen die Künste und Wissenschaften, und er war ein Fürst des Friedens. Dann aber ...», die Alte verstummte.

«Was geschah dann?»

«Es kam eine Zeit der Unruhe und der Feindschaft unter die indianischen Völker, und der Grosse Gott fuhr über das Meer zu den Hellfarbigen, die er auch erschaffen hatte. Viracocha erschien den Menschen mit hellem Gesicht und feurigem Haar. Auch trug er einen Bart.» «Du glaubst, er habe die indianischen Völker verlassen? Er verschwand für immer aus diesen Ländern?»

«Er ist zurückgekehrt. Aber die Christen hatten ihn überlistet, und so kann er sich nur bei bestimmten Gelegenheiten zeigen. Dann aber ist ihm Macht gegeben ...»

«Ist Viracocha ein guter oder ein böser Geist?» wagte ich zu fragen.

Mutter Maria blickte sich um, als ob sie sich nochmals vergewissern wollte, dass uns niemand zuhören konnte. «Der Kalkgesichtige braucht beide Hände», flüsterte sie, «je nach ...»

In diesem Augenblick öffnete sich die Türe, und mein Freund trat zu uns in den Garten.

Ich beschloss, den Alcalden des Tales aufzusuchen, der meiner Meinung nach am besten in der Lage war, mir weitere Auskünfte über das Leben der Indios im Hochtal und über ihre Vorstellungen von den alten Göttern zu geben. Vorher noch hatte ich beim Ortspfarrer vorsprechen wollen, wurde jedoch von der Haushälterin abgewiesen. «Padre Antonio kann dich nicht empfangen», erklärte sie kurz, und als ich um eine spätere Unterredung bat, fügte sie hinzu: «Er ist krank. Seine Krankheit wird länger als die Festzeit dauern!»

Damit verschwand sie, und ich setzte meinen Gang nach dem Rathaus fort. Die Ortschaft wimmelte von Indianern und Indianerinnen, die als Paare oder in Gruppen vereinigt hieher geströmt waren. Ich drängte mich durch die engen Strassen, die mit ihrem Kopfsteinpflaster an die vergangenen Zeiten erinnerten, als Wagen durch die kleine Stadt rollten und Reiterscharen entlang der einstöckigen Häuser ritten. Immer noch konnte man eine Anzahl Reiter erblicken, und das Klappern der Pferdehufe hob sich scharf von dem dumpfen Wortschwall ab, der die Strassen erfüllte.

Wie ich es erwartet hatte, befand ich mich in dem geräumigen Amtsraum einem weissen Regierungsbeamten gegenüber. Licenziado Sanches Perez gehörte zur Oberschicht der Hauptstadt, die durch ihre Familienabstammung und ihr Universitätsstudium sich seit je berufen fühlte, die Geschicke des Landes zu bestimmen. Er begegnete meiner Bitte um weitere Auskünfte mit amtlicher Höflichkeit und zeigte schliesslich sogar eine gewisse Aufgeschlossenheit für meine Interessen. «Wie Sie sicher festgestellt haben, bestehen in unserer Republik keinerlei Unterschiede zwischen den Bürgern verschiedener Hautfarbe», versicherte er. «Natürlich ist dies in erster Linie vom Gesetze her der Fall», fügte er noch hinzu.

«Wir Vertreter der Regierung sind bestrebt, frühere Fehler künftig zu vermeiden. Gerade dieses Hochtal ist ein gutes Beispiel für die Einverleibung der ‹Bronze-Rasse› in unser Staatswesen. Hier leben die Indios mit den anderen Bevölkerungselementen auf der Basis der Gleichberechtigung zusammen.»

«Die Indianer bilden aber noch immer die Unterschicht des Volkes», entgegnete ich.

«In diesem Bezirk sind sie die überwiegende Mehrheit der Bevölkerung, und die andern müssen sich anpassen», betonte der Alcalde.

«Aber diese andern stellen die höheren Beamten, die Sekretäre, die Polizeioffiziere, auch den Alcalden!»

«Der Präsident der Republik selbst hat mich ernannt», bemerkte der Beamte kurz. Dann erklärte er mir, dass die Indianer in dem ganzen Lande nunmehr die Möglichkeit hätten, höhere Schulen zu besuchen. «Auch an Universitäten beginnen indianische Bürger zu studieren.»

«Es sind wohl nur einzelne?»

«Dies ist die Schuld ihrer Eltern, sie sehen es oft nicht gern, wenn ihre Kinder eine höhere Schulbildung besitzen als sie selbst. Es gibt Auseinandersetzungen zwischen Alt und Jung, und die Generationen verstehen sich nicht mehr. Es ist unser Ziel, dass alle Bürger mindestens Lesen und Schreiben lernen. Seit ich hier mein Amt angetreten habe, konnte ich eine Anzahl Elementarschulen in den Barrios neu errichten. Es gab viele Schwierigkeiten zu überwinden, Schwierigkeiten, die in der Gleichgültigkeit mancher Mitbürger liegen.»

Ich bekundete gegenüber dem Alcalden meine Hochachtung, die ich für das einheimische Textilgewerbe empfand. Besonders beeindruckt zeigte ich mich von den geschmackvollen Tüchern, Kleidungsstücken und Ponchos, welche auf dem Markte feilgeboten wurden. «Dies ist eine Überlieferung aus früheren Epochen, aus Zeiten, die noch vor der spanischen Herrschaft liegen. Die Indios meines Verwaltungsbezirkes sind Erben von drei Eigenschaften: der Geschicklichkeit in der Herstellung von Stoffen, dem Hang nach dem Alkohol und . . .» Damit verstummte der Talvorsteher. Er schien sich daran zu erinnern, dass er mit einem Fremden sprach.

«Sie denken an den Aberglauben?»

«Alle sind getaufte Christen», entgegnete der Beamte rasch.

Ich fuhr zögernd weiter: «Den Pfarrer konnte ich nicht besuchen. Er ist krank. Man sagte mir, er sei zur Festzeit immer von seiner Krankheit befallen.»

Señor Sanches Perez schien mich mit einem unwilligen Blick zu messen. «Sie glauben, der Padre flüchte sich vor dem Yamor?»

«Wohl nicht vor dem Fest, aber vor Viracocha!»

Der Alcalde schwieg eine Weile, dann entgegnete er: «Sie

werden Viracocha am letzten Festtag noch selbst zu sehen bekommen.»

Zu meiner Überraschung huschte ein Lächeln über sein Gesicht, während er mir die Hand zum Abschied reichte.

Ein Festtaumel hatte die Indio-Bevölkerung erfasst. Auf Strassen und Plätzen ertönte das Krachen und Heulen der Raketen und anderer Feuerwerkskörper. Rasseln und Trommeln verbreiteten ihre dumpfen Schläge durch die Stadt. Helle Holzflöten übertönten den allgemeinen Lärm. Die Menschen begannen zu singen und zu rufen, Gruppen vereinigten sich zu gemeinsamen Chören, welche in bestimmten Rhythmen grelle Töne ausstiessen. Bunte Trachten — meiner Meinung nach aus vorspanischen Zeiten — tauchten auf. Umhangtücher, Schleier, auch Felle wilder Tiere ersetzten die übliche Kleidung. Es erschienen die ersten Masken: greuliche Gesichter, die in ihrer Missgestalt Fabelwesen und böse Geister darstellten. Oft schleppten die Vermummten auch Hühner und Vögel mit sich herum, die sie in Käfigen oder auf Brettern festgebunden auf den Köpfen trugen.

Ich fühlte die zunehmende Spannung, die sich in der Stadt auszubreiten begann und die auch nach den umgebenden Siedlungen übergriff. Die Menschen zeigten sich unruhiger und ausgelassener als in den ersten Tagen. Sie führten Sprünge aus, drehten sich um ihre eigene Achse. Andere bewegten sich in einer Art Tanz vorwärts und rückwärts, schwangen Arme und Füsse nach beiden Seiten, um von neuem vorwärts und rückwärts zu tanzen. Die Festteilnehmer begannen sich immer mehr einem Rausch hinzugeben, wobei sich lange Reihen von Männern und Frauen, von Alten und Jungen an den Schultern umfasst hielten.

Die Touristen verschwanden aus dem Stadtbild. An keinem Ort konnte ich eine Beteiligung der Fremden feststellen. Auf der Plaza de Armas bemerkte ich eine Dreiergruppe, die in einer Strassenecke tanzte. Ein Bursche hielt zwei Mädchen an den Schultern gefasst, die sich gemeinsam mit ihm im Kreise drehten. Von weitem schon erkannte ich Max, der von Virgen und Rosita begleitet war. Ich machte meinem Freund mit der Hand ein Zeichen, aber auf seinem Gesicht konnte ich eine solche Hingabe an den Tanz lesen, dass ich es unterliess, mich näher heranzudrängen. Die beiden Mädchen hatten das Gesicht durch ihr blaues Kopftuch in gewohnter Weise verhüllt.

Dr. Luis Alvares, der Bibliothekar des Städtchens, besass die dunkle Farbe des Mestizen, und von ihm hoffte ich weitere Auskünfte über das Fest und seine Ursprünge zu erhalten. Ich gewann bei der Unterredung bald den Eindruck, dass er dem neugierigen Fremden nur wenig über den Ursprung von Yamor und seiner heutigen Bedeutung zu sagen hatte. Erst fragte er mich nach dem Grund meines Interesses, und als ich mein persönliches Anliegen erwähnte, begann er mit seinen Erklärungen: «Das Fest wurde bereits in einer Zeit gefeiert, die noch vor der Einverleibung des Hochtals in das Inkareich liegt. Es war ein Opferfest, an welchem den Göttern Gaben für eine ertragreiche Ernte dargebracht wurden. Aus allen Maissorten wurde unter Beimischung von wilden Kräutern und Honig ein Getränk hergestellt . . .»

Der Bibliothekar besann sich einen Augenblick und fuhr dann fort: «. . . diese Tatsachen sind Ihnen sicher bereits bekannt.» Er wollte weitersprechen, aber von der Gasse her liess sich ein Krachen von explodierendem Feuerwerk hören. Zugleich erhob sich ein Gekreisch menschlicher Stimmen, so dass wir unser Gespräch unterbrechen mussten.

«Die Indios sind in diesen Tagen anders als sonst», bemerkte ich. «Wohl der Alkohol?»

«Nicht nur dies», sagte Dr. Alvares bestimmt. «Am Feste des Yamor bricht vieles wieder auf, das ein Fremder nie verstehen kann.»

«Der Pfarrer scheint dieser Vergangenheit aus dem Wege zu gehen», bemerkte ich und wartete mit Spannung auf die Antwort meines Gesprächspartners.

«Der Pfarrer ist ein kluger Mann», entgegnete Dr. Alvares.

«Er glaubt wohl an die Wirksamkeit früherer Epochen in der Gegenwart?»

Ich nahm sofort wahr, dass ich eine ungeschickte Frage gestellt hatte.

«Was der Pfarrer glaubt oder nicht glaubt, geht uns hier nichts an», bemerkte der Bibliothekar unfreundlich. «Beobachten Sie doch selbst die Kulttänze der Maskierten am Höhepunkt des Festes!» —

Damit war ich entlassen und befand mich nach kurzer Zeit inmitten der schreienden und tobenden Menschenmenge.

Max hatte sich in seinem Wesen verändert. Um genauer zu sein: er zeigte sich in einer Art, die von seinem bisherigen Verhalten verschieden war. Wir pflegten sonst oft zusammenzusein, Gedanken auszutauschen und uns gegenseitig unsere Beobachtungen mitzuteilen. Dieser Zustand hatte sich kurz nach Beginn des Festes geändert. Mein Freund wurde wortkarg, begleitete mich nicht mehr auf meinen Gängen durch die Stadt und blieb die Nächte durch ausser Haus. Es fiel mir auf, dass er jede Lust am Photographieren verloren haben musste, er liess den Apparat in seinem Zimmer zurück. Als ich die Bilder des Wochenmarktes noch einmal betrachten wollte, konnte ich die Photos am gewohnten Platz nicht finden. Da Max und ich keine Geheimnisse voreinander hatten, begann ich in seinem Gepäck zu suchen, hatte jedoch keinen Erfolg. Am nächsten Morgen fragte ich ihn nach dem Verbleib der Bilder, wurde aber mit einer nichtssagenden Bemerkung abgefertigt. Als ich schliesslich auf einer Auskunft beharrte, entfernte er sich ohne Antwort. Nachher machte ich mir Vorwürfe, dass ich durch meine Fragen den Freund verstimmt hatte.

Sein Verhalten musste mit den beiden Mädchen zusammenhängen, die mir in den letzten Tagen noch mehr als bisher ausgewichen waren. Max war beim Gruppentanz nicht wieder zu erkennen gewesen. Völlig dem Rhythmus hingegeben, hatte er damals mit Virgen und Rosita eine tanzende Einheit gebildet.

Auch die Atmosphäre im Hause unserer Gastgeberin schien mir verändert. Ich nahm dies nur allmählich wahr, und die Veränderung selbst zeigte sich lediglich in kleinen Dingen. Man begegnete mir nicht unfreundlich, aber die Menschen, die das Haus von Mutter Maria bewohnten, verhielten sich weniger dienstfertig. Ich begann, dieses Zurückweichen zu fühlen, auch wenn man mich in der bisherigen Art begrüsste, mir mein Mahl hinstellte und das Zimmer sauberhielt. Selbst meine Gastgeberin nahm sich keine Zeit mehr, mit mir zu plaudern. Als ich nun doch nach der Missbildung des einen Mädchens forschen wollte, antwortete sie nur kurz:

«Meine Schwester ist bei der Geburt von Virgen gestorben.»

Die Abkehr der Familiengemeinschaft von mir wurde immer offensichtlicher. Besonders die jungen Leute unterhielten sich im untern Gemach während vielen Stunden, ohne dass ich mich an ihren Gesprächen hätte beteiligen können. Es musste sich um wichtige Probleme handeln, die Stimmen waren erregt, und einzelne, wie auch Gruppen, versuchten sich zu überschreien. Da ich ihre Sprache nicht verstand, mussten sie auf meine Anwesenheit im Hause auch keine Rücksicht nehmen.

Die Vorbereitungen für den Tag der Vermummten bewegten in diesem Jahr die Gemüter der Indianer in besonderem Mass. Dies hatte mir die Verkäuferin der Tienda erzählt, als ich Tabak für meine Pfeife kaufte und sie auf die wachsende Unruhe unter den Hausbesuchern hin ansprach. Auf weitere Erklärungen liess sie sich nicht ein, sondern antwortete: «Die Dämonen werden als Masken erscheinen, und die ‹Gruppe› wird dabei bestimmen, welche Leute die alten Götter darstellen werden.»

Zu Hause angelangt, fand ich eine Botschaft des Alcalden vor, der mich aufforderte, ihn so rasch als möglich aufzusuchen. Wieder, wie vor drei Tagen, begab ich mich zum Rathaus. Es war kaum mehr ein Durchkommen, die Menschen hielten die Gassen und Plätze buchstäblich besetzt. Die Touristen hatten sich völlig aus der Öffentlichkeit zurückgezogen, und die Verkaufsstände am Markt waren in der Zwischenzeit abgebrochen worden. Der Marktplatz war der einzige Ort, durch den die Menschen nicht zwängten und drängten, so dass ich das Rathaus auf diesem Weg ohne besondere Mühe erreichen konnte. Ich meldete mich für die Vorsprache, der Talvorsteher liess mich eine Weile warten. Hinter der geschlossenen Türe wurde eine hitzige Debatte geführt, einzelne Wortfetzen drangen zu mir in den Vorraum. Dann traten verschiedene Beamte in Uniform aus dem Amtsraum, und ich wurde zum Alcalden hineingeführt.

Señor Perez forderte mich mit einer hastigen Geste auf, Platz zu nehmen. Unvermittelt sagte er: «Ich muss es verhindern.» Der Lizentiat hielt seinen Kopf in die Hand gestützt und starrte vor sich hin. «Es ist eine ernste Angelegenheit. Ich muss es verhindern», wiederholte er.

«Was hatten Sie für einen Grund, hierherzukommen?» herrschte er mich an.

«Das Indianerfest», entgegnete ich ruhig.

«Das Fest . . . das Indiofest», wiederholte der Alcalde gedehnt und wischte sich den Schweiss von seiner Stirn. «Ihr müsst aus diesem Amtsbezirk verschwinden, so schnell wie möglich und . . . ohne jedes Aufsehen!»

Die Aufforderung kam derart unvermutet, dass ich nur zu stammeln vermochte: «Ich bin mir keiner Schuld bewusst, und auch mein Freund . . .»

Der Talvorsteher unterbrach mich: «Meine Gewährsleute berichteten mir, dass die Gefahr besteht, unverantwortliche Elemente könnten einen Handstreich ausführen. Es wurde beobachtet, wie sich zahlreiche ‹Besitzlose› aus den unteren Tälern nach der Stadt gedrängt haben. Es sind Volksgruppen, die sonst nicht am Yamor unserer Provinz teilnehmen. Bei einem allfälligen Tumult stehen mir nicht genügend Polizeimannschaften zur Verfügung. Bis Truppen ankommen, könnte das Schlimmste geschehen. Ich wiederhole also meine Aufforderung: Ihr Freund muss von hier verschwinden, und Sie, mein Herr, sind für sein Weggehen haftbar.»

Die Ausführungen des Alcalden riefen mir in Erinnerung, dass die Auseinandersetzungen zwischen den Grossgrundbesitzern und den landlosen Bauern sich verschärft hatten. Bereits waren Landbesetzungen durch indianische Peones in benachbarten Tälern erfolgt.

«Ich kümmere mich nicht um die abergläubischen Vorstellungen der indianischen Bürger», fuhr Señor Perez weiter, «wenn aber die öffentliche Sicherheit dadurch in Gefahr gerät, ist es meine Pflicht, die notwendigen Massnahmen zu treffen.»

Noch immer wusste ich nicht, was der Beamte wirklich bezweckte. Dieser fuhr mit ernster Stimme weiter: «Ihr Freund besitzt den Meldungen nach eine grosse Ähnlichkeit mit der Maske des Viracocha, und sein Umgang mit den beiden Indianerinnen ...»

Wieder stockte der Lizentiat und schien über etwas nachzudenken. «Virgen ist eine Gezeichnete, und die Indios des Hochlandes schreiben solchen Menschen besondere Kräfte zu!»

Damit war unser Gespräch beendet, und der Alcalde rief einen Polizeifunktionär in Zivil herbei und befahl ihm, mich nach San Sebastián zu begleiten. Der Beamte hatte anscheinend den Auftrag bekommen, unsere Abreise in der kommenden Nacht festzustellen.

Von neuem zwängte ich mich durch die Menge, um nach dem Vorort zu gelangen, wo ich Max anzutreffen hoffte. Es war von grosser Wichtigkeit, dass ich ihm die Anweisung des Talvorstehers mitteilen konnte. Ich betrachtete während meines langsamen Vorankommens die Menschen, welche lärmend und tanzend die Strassen füllten. Noch nie hatte ich bisher eine solch grosse Anzahl von Indianern beisammen gesehen! Das Gespräch mit dem Lizentiaten ging mir nicht aus dem Sinn. Drohte uns wirkliche Gefahr, oder wollte der Alcalde aus persönlichen Gründen uns beide aus der Stadt entfernen?

Nach meinen Beobachtungen war ich einer der Touristen, der wie die andern von den Einheimischen übersehen wurde. Ich selbst spürte die wachsende Erregung der indianischen Scharen, ihre Bewegungen wurden hastiger, die Schreie greller.

Als ich San Sebastián erreicht hatte, schien der Beamte meine Spur im Menschengewimmel verloren zu haben. Ich schritt meiner Behausung zu, um dort auf Max zu warten. Von weitem schon bemerkte ich, dass das Haus von jungen Leuten umlagert wurde. Im Schatten der grossen Bäume, auf dem Vorplatz, sogar auf den Treppen kauerten Burschen und Mädchen, einzeln oder in kleinen Gruppen. Niemand sprach ein Wort, und die Stille der kleinen Siedlung stand in einem seltsamen Gegensatz zu dem Lärm, der von der Stadt heraufdrang. Ich fasste die Wartenden schärfer ins Auge, konnte aber kein bekanntes Gesicht entdecken. Schliesslich schritt ich zwischen den jungen Indios hindurch, die mich teilnahmslos anblickten. Niemand erwiderte meinen Gruss.

Das Verhalten der indianischen Festteilnehmer löste in mir keinerlei Furcht aus. Es war eher ein Gefühl der Fremdheit, das mich zu befallen begann. Diese Menschen mit ihrer ungezügelten Festfreude in der Stadt und ihrer abweisenden Ruhe im Pueblo konnte ich in keiner Weise mehr begreifen.

Wie gerne hätte ich mich mit Max ausgesprochen, ihn um seine Meinung befragt, ihm gesagt, wie sehr ich mich hier verloren fühle. Aber ich wartete lange Stunden, ohne dass mein Freund zurückgekehrt wäre.

Es begann bereits zu dunkeln, als ich den Besuch einer älteren Frau erhielt. Ich erkannte die Haushälterin von Padre Antonio, die mich bat, sie nach der Kirche zu begleiten. Sie gab mir keinen Grund an, sondern wiederholte stets den gleichen Satz: «Der Pfarrer bittet dich, zu kommen . . . Der Pfarrer bittet dich, zu kommen.» Nachdem ich Max eine schriftliche Botschaft hinterlassen hatte, brachen wir auf. Vor dem Hause bemerkte ich trotz der hereingebrochenen Dunkelheit, dass die Zahl der wartenden Indios zugenommen hatte. Ich folgte meiner Begleiterin, die mir wortlos voranging.

Die Kirche samt dem Pfarrhaus und dem Friedhof lag auf der anderen Seite der Stadt und wirkte wie eine stille Insel in dem wogenden Menschenmeer. Ein paar Frauen und ein invalider Mann knieten in dem grossen Kirchenraum. Wegen der Finsternis schritt ich vorsichtig zwischen den Holzbänken hindurch, um nach der hinteren Seite zum Pfarrhaus zu gelangen. Die Magd deutete nach einem langen Gang, der durch einen schwachen Lichtschein dürftig erhellt wurde.

«Der Pfarrer erwartet dich», sagte sie und liess mich allein.

Der Raum, in den ich eintrat, war beinahe finster, eine einzige Kerze warf ihren Lichtkreis über einen runden Tisch. Allmählich gewöhnten sich meine Augen an die Dunkelheit, und ich bemerkte einen Lehnstuhl, in dem sich eine kleine Gestalt befand. Der Pfarrer wies auf einen Stuhl hin. Eine andere Form der Begrüssung unterblieb, und ich nahm Platz. Im Gegensatz zur reichgeschmückten Kirche wirkte dieses Zimmer einfach, beinahe ärmlich. Ausser dem Tisch und den beiden Stühlen konnte ich nur noch eine Lagerstätte und ein Gestell mit Büchern bemerken. An der Wand hing ein grosses Holzkreuz.

Padre Antonio atmete schwer, der pfeifende Atem verriet seinen kranken Zustand. Noch immer schwieg er. Allmählich begannen die Atemstösse gleichmässiger zu werden, und der Priester versuchte zu sprechen. Das flackernde Licht der Kerze erhellte zeitweise sein Gesicht. Die dunkle Farbe verriet, dass der Mann schon lange im Hochtal lebte und auch abstammungsmässig zu den Indios gehörte. Durch das offene Fenster drangen Rufe und Schreie sowie von Zeit zu Zeit das Krachen von Feuerwerkskörpern.

«Ich danke Ihnen, dass Sie gekommen sind», sagte der Priester mit Mühe. Ein erstickendes Geräusch liess ihn verstummen. Ich sprang auf und wollte ihn stützen, aber der Kranke winkte ab. Als der Anfall vorüber war, begann der Pater aufs neue.

«Warum sind Sie beide hierhergekommen?»

Ich zuckte die Achseln. Doch war ich nicht sicher, ob er in der

Dunkelheit meine Bewegung wahrgenommen hatte. «Es besteht für ausländische Touristen kein Verbot, am Fest teilzunehmen.»

«Was bezwecken Sie?»

Wieder zuckte ich die Achseln, ungewiss, worauf der Pfarrer hinauswollte. Dann stellte ich die Frage: «Sie sprechen im Auftrag des Alcalden?»

Die Antwort des Pfarrers erfolgte rasch: «Der Alcalde hat in meiner Kirche nichts zu befehlen! Er versucht, politische Schwierigkeiten zu vermeiden. Ich aber fürchte mehr . . .»

«Er befahl uns die Abreise noch diese Nacht», sagte ich schliesslich.

Nach einigem Zögern erwiderte der Priester: «Der Talvorsteher ist ein Politiker, und er ist auf das Wohlwollen der Regierung angewiesen . . . Dennoch muss ich Ihnen den gleichen Rat geben. Sorgen Sie dafür, dass Ihr Gefährte aus dieser Gegend verschwindet . . . Es ist höchste Zeit . . .» Der Pfarrer bedeckte mit den Händen sein Gesicht, so dass ich im Kerzenschein eine Maske zu erblicken glaubte.

«Wer von den jungen Männern den Schöpfungsgott darstellen wird, konnte bis zur Stunde noch nicht bestimmt werden», hörte ich eine ferne Stimme sagen. «Die Anwesenheit Ihres jungen Freundes hat dies bewirkt. Gehen Sie und lassen Sie mein Volk in Frieden!»

Ich starrte in das Licht der Kerze. Der Lärm auf den Strassen hatte sich inzwischen entfernt, und in der Stille des Raumes liessen sich nur die Atemstösse von Padre Antonio hören. Der Pfarrer war so erschöpft, dass er nicht mehr weitersprechen konnte. Er hielt mir ein zusammengefaltetes Schriftstück entgegen, das ich, seinen Handzeichen nach, später lesen sollte. Zugleich winkte er mir zu, ich sollte mich entfernen.

Nach einer stummen Verbeugung begab ich mich auf die Strasse, die nach San Sebastián führte.

Als ich mich dem Hause von Mutter Maria näherte, bemerkte ich die Indios, die das Haus umlagerten. Wegen der Nachtkälte trugen Burschen und Mädchen den Poncho; den Kopf hatten sie nicht bedeckt. Ich begann zwischen den Reihen der Schlafenden durchzuschreiten, um das Haus betreten zu können. Manchmal musste ich behutsam über einzelne Gestalten steigen, alle Wege und Vortreppen wurden von den Schlafenden eingenommen. Das Geräusch meiner Schritte unterbrach die nächtliche Stille der Siedlung. Vor Jahren hatte ich Höhlen aufgesucht, in denen die Indio-Völker früherer Epochen ihre Toten bestattet hatten. Die Mumien befanden sich in langen Reihen am Boden ruhend. Nun beschlich mich ein ähnliches Gefühl wie in jener Totengruft.

Schliesslich gelangte ich zu der Haustüre, an welcher ein halbes Dutzend Schlafende lehnten. Vorsichtig öffnete ich einen Spalt weit und zwängte mich in den dunklen Gang. Aus dem unteren Gemach drang ein Geräusch, wie von erregten Stimmen. Trotz meinem Lauschen konnte ich nichts verstehen. Hatte sich wohl die «Gruppe» versammelt und beriet, wer die Maske und das Gewand des Schöpfergottes am kommenden Tage tragen durfte?

Im oberen Stock suchte ich das Zimmer von Max auf, aber es war leer.

Ich war entschlossen, die Ankunft meines Freundes abzuwarten, die Ereignisse der letzten Stunden liessen mich ohnehin nicht einschlafen. Noch war es mir nicht klar geworden, wovor wir uns zu fürchten hätten.

Mein Schlafraum war durch den Vollmond in ein mildes Licht getaucht, das nächtliche Warten gab mir Gelegenheit, nun das Dokument des Priesters durchzulesen. Beim Auseinanderfalten der Blätter erkannte ich ein altes Pergament, die Schriftzeichen der ersten Seiten waren beinahe verblasst. Manche Zeilen vermochte ich nicht zu entziffern, und ich musste den Sinn der Niederschrift oft mehr erraten, als dass ich ihn verstehen konnte.

«Alle sind getaufte Christen ...»

Diesen Satz hatte der Verfasser, ein Franziskanerpater, unterstrichen, und die Stelle konnte ich als ersten Anhaltspunkt des Dokumentes lesen. Es gelang mir auch, die Jahreszahl der Niederschrift zu finden: 1547. Folglich gehörte der Ordensmann jener Generation von Spaniern an, welche nach der Conquista auch eine geistliche Eroberung der Menschen dieser Gebiete anstrebte. Was mich stark beeindruckte, waren die Zweifel des Missionars, ob er auch recht handle.

«Alle sind getaufte Christen. — Aber sind sie dies nicht nur durch unseren Zwang geworden?»

Den Nachsatz hatte der Franziskaner ebenfalls unterstrichen.

Nach dem Dokument zu schliessen, hatte er die Kirche der Stadt, «Santa Maria de la Concepción», erbauen lassen.

Ich fragte mich beim Lesen, aus welchem Grunde Pater Antonio mir heute das Schriftstück übergeben hatte. Zweifel und Ängste eines spanischen Missionars des 16. Jahrhunderts mussten auch für einen Priester, der heute lebte, von Wichtigkeit sein. Was aber hatte dies mit mir zu tun? Wieder überflog ich ein paar Seiten, die von inneren und äusseren Kämpfen des Schreibenden handelten.

Dann folgte ein Wort, das der Pater in grossen Buchstaben gesetzt hatte: «VIRACOCHA».

Ich las: «Der indianische Weltenschöpfer lebt immer noch in den Herzen meiner Pfarrkinder und hat Macht über sie — Gestern berichtete mir Don Diego, welcher auf seinen Grundstücken über mehrere hundert Indios die Befehlsgewalt ausübt ...»

Die folgenden Zeilen waren verblasst, sie konnten von mir nicht mehr entziffert werden. Nur das Wort Viracocha befand sich deutlich lesbar in drei Wiederholungen auf dem Blatt. Die sorgfältige Niederschrift dieser Buchstaben hatte wohl das Auslöschen der Tinte verhindert.

Dann konnte ich weiter lesen: «Der grosse Schöpfergott ist am Pfingsttag in unserer Kirche erschienen. Dies geschah während der Indianermesse. Ich hatte — wie gewohnt — nach dem Gebet in inniger Versunkenheit verharrt. Dann hielt ich die Monstranz mit dem Leib unseres Herrn vor den Gläubigen empor, als ein Geräusch die heilige Handlung zu stören begann. Meine Pfarrkinder wandten sich nach der Türe, die jemand geräuschvoll geöffnet hatte. Ich erblickte einen hochgewachsenen Mann mit bleichem Gesicht und blonden Haaren, der langsam auf den Altar zuschritt. Es war mir unverständlich, dass ein weisser Christ eine Störung des Gottesdienstes verursachen konnte. Meine Hände zitterten, denn der Ruchlose begann, die Stufen zu mir emporzusteigen. Das Gesicht blieb unbeweglich, als ob eine Maske sich mir zugewandt hätte.

«Es ist der Dämon, der dich heimsucht», fuhr es mir durch den Sinn. Aber mein Stossgebet vertrieb den Geist nicht. Die Monstranz entglitt mir, während ich zu Boden stürzte...

Als ich aufwachte, bemühten sich die Kirchendiener um mich, sprengten mir Wasser ins Gesicht und umsorgten mich. Meine Pfarrkinder hatten die Kirche bereits verlassen. Ich befragte die Diener und später auch verschiedene Kirchenbesucher über die Erscheinung. Aber alle leugneten, den bösen Geist gesehen zu haben. Nun rufe ich Maria und die Heiligen um Beistand an! Bin ich im Geiste verwirrt, oder habe ich Viracocha gesehen?»

Das Lesen der Schrift mit ihren ungewohnten Buchstaben ermüdete mich allmählich. Ich begab mich zum Fenster, um im milden Nachtlicht Erholung für meine schmerzenden Augen zu finden. Unten erblickte ich die Reihen der wartenden Indios, welche in todähnlicher Regungslosigkeit verharrten. Wieder erinnerte ich mich an früher Geschautes, an ein Indioheiligtum, das von Stelen in Menschengestalt umgeben war. Kein Geräusch war zu hören, auch Max war noch nicht zurückgekehrt. Aus dem Untergeschoss drang das fahle Licht einer Kerze zu mir herauf, die «Gruppe» hatte sich wohl noch nicht einigen können. Nach einer längeren Ruhepause wandte ich mich wieder dem Lesen des Dokumentes zu.

Auch die nächsten Seiten waren verblasst und gaben mir nur stellenweise Einsicht in die Beobachtungen und Vorstellungen des Missionars. Es fiel mir auf, dass der Pater immer mehr christliche Gebete und Anrufe an indianische Gottheiten nebeneinander aufführte; folgendes Gebet hatte der Priester besonders sorgfältig niedergeschrieben:

«Viracocha, Schöpfer des Menschen, Schöpfer der Erde, was immer auch es geben mag, ist Dein. Dein sind die Felder, und für Dich sind Deine Menschen da.» Zweimal unterstrichen stand darunter die Frage: «Ist Viracocha auch mein Gott?»

Auf den nächsten Blättern war die Tinte nicht mehr verblasst, aber die Schrift begann unregelmässiger zu werden. Die Gedanken des Schreibenden verwirrten sich, gleiche Wörter oder Buchstaben wiederholten sich seitenlang. Für mich waren sie ohne jeden Sinn. Nur wenn der Name des Schöpfergottes in der Buchstabenwirrnis auftauchte, zeigte sich in klarer Schrift das Wort VIRACOCHA.

Dann erschien eine neue Schrift auf den Pergamentblättern, diesmal klar und gut lesbar: «Der Priester Augustin Jimenes wurde zum Ärgernis für die Kirche und seine Gemeinde. Er begann, sich immer mehr mit den bösen Dämonen zu beschäftigen, und trat auch in Verbindung mit den lasterhaften Anhängern des Aberglaubens. Auf Befehl des königlichen Gouverneurs und im Einverständnis mit dem Bischof wurde Pater Augustin festgenommen und nach Kastilien überführt.»

Ein dumpfes Geräusch unterbrach die Stille der Nacht. Wieder trat ich ans Fenster und blickte hinaus. Ich beobachtete, dass die Indios vom Boden aufgestanden waren und nach der gleichen Richtung blickten. Sie begannen in einem bestimmten Rhythmus einen Spruch oder einen Anruf herunterzuleiern. Dazu klatschten sie mit den Händen.

Eine Gruppe von drei Menschen näherte sich dem Haus. Es waren die beiden Mädchen, in deren Mitte mein Freund Max schritt. Die Schar der Indios verneigte sich, während das Klatschen und das dumpfe Murmeln stärker wurde. Im Schein des Mondes konnte ich feststellen, dass die jungen Indianerinnen ohne Schleier waren. Das Gesicht von Rosita mit seinen kindlichanmutigen Zügen kannte ich aus den Begegnungen im Hause und auf dem Markte; Virgen, «die Gezeichnete», hatte ich noch nie unverhüllt erblickt, und ich beugte mich über die Fensterbrüstung, um die Art der Missbildung genauer betrachten zu können. Aber auch Virgen zeigte ein makelloses Gesicht, das im Gegensatz zu ihrer Gefährtin weiss war, als ob es aus Marmor gehauen wäre. Schon waren die Mädchen in der Menge der Umstehenden verschwunden. Ich öffnete die Türe meines Zimmers, um zu lauschen, ob mein Freund in sein Schlafgemach hinaufsteige. Max begab sich jedoch zu der Gruppe im Untergeschoss, die ihn mit lautem Rufen begrüsste.

Das Warten dauerte weiter, und ich griff erneut zum Dokument der Pfarrkirche. Es fehlte eine Anzahl Blätter, die nächsten Eintragungen stammten aus den Jahren 1648 bis 1660. Der Verfasser nannte sich «José de Torres, im Dienste der Heiligen Kirche, Pfarrer der Gemeinde von Santa Maria de la Concepción». Der Priester musste die Macht des Unglaubens, des heimlichen Dämonenglaubens — wie er es nannte — bei seinen Pfarrkindern besonders stark spüren. Immer wieder verzeichnete der Chronist heimliche Zusammenkünfte seiner indianischen Gläubigen, die zu «Trunksucht, Unkeuschheit und Aberglauben» führten.

An einer Stelle seufzte der Pater: «Gib mir die Kraft, o Herr, um die Dämonen zu besiegen, die immer noch im Herzen dieser Naturkinder leben.»

Ein Eintrag war für mich von besonderem Interesse, da er auf das «Grosse Fest» der Indianer Bezug nahm: «Sie schenken ein bestimmtes Maisbier aus und kleiden sich in alte Gewänder. Auch tragen sie die Masken ihrer Dämonen und erweisen dem «Auserwählten» besondere Ehre. Ich forderte sie auf, solchen Götzendienst zu unterlassen. Als die Soldaten des Gouverneurs die Menge auf meine Bitte zerstreuen wollten, warfen die Indios Steine auf die Spanier. Die Maskierten konnten nicht gefangen werden, die Menschenhaufen stellten sich schützend um sie herum. Als das Fest zu Ende war, sandte ich dem Bischof einen

Bericht über den freventlichen Heidenkult. Unser Oberhirte forderte mich auf, alle Indios, die Masken getragen hatten, dem geistlichen Gericht anzuzeigen. Es war mir aber nicht möglich, auch nur einen Teilnehmer herauszufinden. Die befragten Indianer zeigten sich verstockt und lügnerisch, selbst bei Androhung von schweren Strafen waren sie zu Aussagen nicht bereit. Auch die alten Trachten und die Teufelsmasken konnten nicht gefunden werden. Die Indios müssen diese Zeichen des Bösen in fernen Höhlen versteckt halten. Auf Befehl unseres Kirchenfürsten wurde das Indianerfest für alle Zeiten verboten. Ich erhielt aber Kunde, dass sie ihre teuflischen Zeremonien in abgelegenen Bergtälern, die den Spaniern unbekannt sind, weiter abhalten.»

Nach dem Lesen der nächsten Seiten war es mir klar geworden, dass es weder der Kirche noch den spanischen Behörden gelingen konnte, die indianische Erntefeier während längeren Zeiten zu unterdrücken. Auch Priester späterer Epochen berichteten vom «Fest», manchmal nur in der Erwähnung der alten Trachten und Masken als Ausdruck der Überlieferung der Hochlandindios, manchmal mit offener oder geheimer Sorge, dass sich hinter dem Schauspiel mehr verbergen könnte. Gelegentlich kam es, nach den Eintragungen zu schliessen, zwischen verschiedenen Gruppen zu Streitigkeiten. Es ging um die Frage, wer den Schöpfungsgott und wer die Maiskönigin darstellen durfte.

Pater Antonio, der letzte in der Reihe der Berichterstatter, hatte sich eingehender mit den Traditionen des Festes befasst als seine Vorgänger. Seine Darstellungen benützten zeitgenössische Chroniken und erwähnten auch überlieferte Erzählungen.

In einem seltsamen Gegensatz zu seiner unpersönlichen, distanzierten Art, wie er den «Bericht über Ursprünge und geschichtlichen Verlauf zum Erntedankfest Yamor» verfasst hatte, erschienen mir die Eintragungen über seinen Gsundheitszustand. Er litt an einer Krankheit, die ihm seit Jahren zu schaffen machte. In den Eintragungen der letzten Jahre fand sich nur der einzige Satz: «Yamor naht, und ich bin krank.»

Ich stieg in den unteren Stock hinunter, meine Aussprache mit Max liess keinen weiteren Aufschub mehr zu, schon begann der Morgen zu dämmern. Auf der Treppe und im breiten Gang drängten sich junge Menschen. Sie zeigten sich nicht bereit, mir Platz zu machen, meinem Durchzwängen wurde indessen keinerlei Widerstand entgegengesetzt. Es fiel mir auf, dass die Indios nun gelbe Halsbänder trugen, an denen Maiskolben hingen.

Der Zugang zur Türe, welche das Schlafgemach meines Freundes abschloss, war von sechs stämmigen Burschen versperrt. Ich wagte nicht, hier mit Gewalt durchzubrechen. Nach einigem Zögern rief ich Max bei seinem Namen. Ich bekam keine Antwort. So entschloss ich mich, inmitten der stummen Schar den Morgen abzuwarten. Es gelang mir, in einer Nische Platz zu nehmen wo ich vom Schlaf übermannt wurde.

Als ich aufwachte, stand die Sonne bereits am Himmel, und ich musste mir zuerst Rechenschaft geben, warum ich mich hier am Boden liegend befand. Die Türe der Schlafkammer war geöffnet, aber ich sah niemanden mehr im Raum, die Indios hatten das Haus verlassen. Auch die wartenden Gruppen hatten sich entfernt.

Nach einigem Suchen fand ich Mutter Maria. Ich fragte sie nach meinem Freund.

«Er nimmt am Festzug teil» sagte meine Gastgeberin und fuhr dann weiter: «Die Maske von Viracocha samt den Kleidern befand sich nicht mehr in der Höhle. Unsere Feinde raubten die Zeichen des alten Gottes.» Nach einer Weile fuhr sie mit leiser Stimme fort: «Auch du kennst unsere Feinde, die uns alles entrissen haben, sie fürchten sich vor der Wiederkehr des Schöpfergottes.»

«Die Kirche?» fragte ich.

«Es ist nicht Pater Antonio, er gehört zu unserem Volk.»

«Sind es die Mächtigen in der Hauptstadt?» forschte ich weiter.

Die India schien nicht auf meine Frage zu achten, sondern sagte unvermittelt: «Viracocha ist wiedergekommen, er wird vor dem Zug einhergehen, und sein Gesicht wird Milde und Güte zeigen, und sein goldendes Haar wird leuchten.»

«Wer ist in diesem Jahr Viracocha?»

Ich stockte, da mir der Gedanke zu unglaublich erschien. Aber der Raub der Maske liess den Indios wohl keine andere Wahl.

Die Alte zeigte eine Verzückung, die ihr zerfurchtes Gesicht verklärte. «Auf dem Hügel wird sich die Vermählung Viracochas mit der Maiskönigin vollziehen», hörte ich sie mit singender Stimme antworten, während sie in die Ferne wies.

An dieser Stelle angelangt, suche ich vergebens in meinem Tagebuch nach dem Verlauf der weiteren Ereignisse, und auch meine Erinnerung lässt mich fast gänzlich im Stich. Nur einzelne Szenen und Bilder tauchen auf, die ich denn auch getreulich hersetzen will.

Der Spitalarzt erklärte mir später, dass ich infolge der starken Sonnenbestrahlung zusammengebrochen sei, auch schrieb er meine Verletzungen dem Gedränge der Menge zu.

Am letzten Festtag sah ich meinen Freund den Hügel hinansteigen. Aber es war nicht Max. Der Schöpfergott in ein langes Gewand gehüllt, stützte sich auf den Stab des Bettlers. Viracocha besass das Gesicht meines Freundes.

«Max», schrie ich, «du bist in Gefahr!»

Ich streckte meine Hand nach der Gestalt aus, dann sah ich in ein fremdes Gesicht, und ein Unbekannter gab mir zu trinken.

Mein Freund schritt nicht allein zum Berge hinauf, an seiner Hand führte er die Maiskönigin. Es war Virgen, das Mädchen, und ihr Gesicht leuchtete in einem weissen Silberglanz.

«Was hast du mit meinem Gefährten zu schaffen?» rief ich ihr zu, «er gehört nicht zu deinem Volk, und du wirst ihm Unglück bringen.»

Dann sah ich Rosita, und ihr dunkles Gesicht beugte sich über mich. Sie setzte sich an mein Bett, und sie trug die Tracht einer Krankenschwester.

Der Schöpfungsgott und seine Gemahlin schwebten empor, ihre Füsse berührten kaum den Boden, als sie auf der Höhe des Bergzuges anlangten, wo sich der behauene Stein befand.

«Dies ist die heilige Stele mit dem bärtigen Mann und seinem Stab», versuchte ich meinem Gefährten heimlich zuzuflüstern. Aber die Maiskönigin zog ihn von mir fort, und beide setzten sich auf einen steinernen Thron. Nun sah ich den unendlichen Zug der Indios, die den Hügel hinaufzogen und sich in einem Halbkreis um den Gott des Himmels und die Göttin der Erde lagerten. Ich bemerkte Rosita, wie sie hinter dem grossen Stein hervortrat und demütig geneigt den beiden einen Becher Maisbier anbot.

Die Indianer drängten mich zur Seite, es war mir nicht mehr möglich, mit meinem Freund zu sprechen. Das Gesicht des bärtigen Mannes erschien in einem goldenen Licht. Funken sprühten aus seinen Haaren, und aus seinem Barte lohte eine mächtige Flamme. Viracocha hob den Stab. Da fielen die Menschen nieder auf ihr Gesicht und gruben mit den Fingern in der Erde. Maiskörner glänzten in ihren Händen, sie mussten aus purem Gold sein.

Eine feierliche Stille herrschte, als der Gott zu sprechen begann. Ich konnte kein Wort verstehen, aber die knienden Gestalten blickten voll Ehrfurcht zum Schöpfergott empor.

Warum richtete der weisse Mann seinen Stab nun gegen mich? Warum wollte er mich fortweisen aus der Schar seiner Gläubigen?

«Max, Max», schrie ich verzweifelt, «kennst du mich nicht mehr? Mich, deinen Freund?»

Plötzlich wurde die Luft von einem Knallen erschüttert. Zugleich hörte ich grelle Angstschreie. Ich fühlte meine Kräfte schwinden. Auch musste ich meine Augen bedecken, um mich vor dem Lichtstrahl zu schützen, der von dem Stab wie ein Blitz auf mich niederfuhr. Noch stärker hörte ich nun das Krachen des

Feuerwerkes, das wie Schüsse peitschte. Ich wurde zur Seite geworfen von den jagenden und schreienden Menschen.

Der Strahl leuchtete nicht mehr so stark wie zuvor, es war ein Licht, das aus dem Rathaus auf mich zukam. Dann sagte eine Stimme: «Die Wunden sind nicht sehr schlimm, Quetschungen und Prellungen. Aber das Fieber macht mir Sorge: Höhenkrankheit oder Sonnenstich, wohl beides zusammen...»

Wo war Max? Als ich mir bewusst wurde, dass ich in einem Spital lag, als ich langsam wieder erkannte, wer ich war, erinnerte ich mich meines Gefährten.

«Wo befindet sich mein Freund?» fragte ich den Arzt, den Pfleger und die beiden Krankenschwestern, die abwechselnd an meinem Bett wachten. Alle blickten mich freundlich an, schienen indessen meine Frage nicht zu verstehen.

«Später», tröstete mich der Arzt, «später, sobald das Fieber zurückgegangen ist.»

Wieder sah ich Max. Diesmal schritt er durch die engen Strassen der Stadt, und er trat so fest auf die Pflastersteine, dass das Stampfen seiner Tritte mich schmerzte. Der junge Mann führte den langen Zug der nachströmenden Indios an, als ob dies eine Selbstverständlichkeit gewesen wäre. Er hatte also den Auftrag, der ihm von der «Gruppe» übertragen worden war, angenommen.

Die Drohung des Alcalden und die Warnung des Priesters riefen mir in Erinnerung, in welcher Gefahr sich mein Freund befand. Ich versuchte zu rufen, aber meine Stimme versagte ihren Dienst. Dann wollte ich ihn durch Handzeichen auf mich aufmerksam machen, doch meine Arme waren gelähmt. Ich fühlte, dass ich am Boden lag und von den Vorbeischreitenden nicht gesehen wurde.

An der Seite des Anführers sah ich das Mädchen. Sie trug einen Kranz von kleinen Maiskolben um den Hals, die einen Glanz von Gold ausstrahlten. Das Gesicht wirkte, als ob es aus Stein wäre.

Nur die schwarzen Augen brachten Leben in das tote Antlitz der weissen Maske.

Die Indios begannen zu rennen, und das Strassenpflaster widerhallte von den harten, gleichmässigen Tritten. «Achtung», rief ich, «es fallen Schüsse ...»

Da fühlte ich mich von mehreren Händen gepackt. Als ich die Augen aufschlug, blickte ich in das Gesicht des Spitalarztes und meines Pflegers.

Niemand im Spital schien Max zu kennen! Mit zunehmender Besserung meines Gesundheitszustandes gab ich mir Rechenschaft, dass ich unter allen Umständen Auskunft über das Schicksal meines Freundes erhalten musste. Jedesmal wenn ich seinen Namen erwähnt hatte, waren die Umstehenden verstummt oder hatten gelächelt, wie bei der ungeschickten Frage eines Kindes. Da ich noch sehr schwach gewesen war, hatte ich mich auf einen späteren Zeitpunkt vertrösten lassen. Nun aber bestand ich darauf, dass man meinen Freund benachrichtigen sollte. Weder die Schwester noch der Pfleger vermochten mir Antwort zu geben. Auch der Arzt kannte meine persönlichen Verhältnisse nicht. Er unterrichtete mich, dass ich am letzten Abend des Festes von einigen Indios ins Spital gebracht worden war. «Schmutzig und blutverschmiert», fügte er hinzu, «und in einem schweren Fieberanfall. Keiner der Träger hatte damals Ihren Namen genannt. Und wegen der anderen Verletzten konnten wir uns nicht um weitere Dinge kümmern!»

«Was ist mit meinem Freund Max geschehen?» diese Frage stellte ich dem Pförtner, als ich die ersten Gehversuche unternahm. Doch auch er verwies mich an die Behörden. So musste ich nochmals einige Zeit verstreichen lassen, ehe ich so weit hergestellt war, dass ich eine Vorsprache beim Alcalden wagen konnte. Vorher noch hatte ich den Spitaldiener nach dem Vorort San Sebastián gesandt und Mutter Maria zu mir hergebeten. Der Mann kam mit der Nachricht zurück, dass die Familie meiner früheren Gastgeberin verschwunden sei. «Die kleine Siedlung ist zerstört worden», fügte er noch hinzu, und als ich ihn mit Entsetzen anblickte, sagte er weiter: «Der Brand geschah damals . . . bei den Unruhen.»

Der Gang zum Rathaus war infolge meines Schwächezustandes mühsam, auch spürte ich meine innere Bewegung stark. Ich war auf Vorwürfe, selbst auf Strafmassnahmen des Alcalden gefasst. Das zählte jedoch nicht im Vergleich zu der Bangigkeit, die mich erfasste, wenn ich an das Schicksal meines Freundes dachte.

Ich suchte die mir bekannten Beamten auf, um mich melden zu lassen. Doch nur fremde Gesichter blickten mich an. Selbst die Wächter, die mir früher durch kleine Geschenke gewogen waren, konnte ich nicht mehr finden. Schliesslich wandte ich mich an einen der Polizeibeamten und bat ihn, mich bei Señor Perez anzumelden. Der Mann verhielt sich, als ob er mich nicht verstanden hätte.

«Ich wünsche den Alcalden, Señor Sanches Perez, zu sprechen», wiederholte ich und betonte jedes einzelne Wort.

Der Wächter blickte mich kurz an und sagte: «Dieser Herr ist nicht mehr im Amt. Der Alcalde unseres Bezirkes ist nunmehr Oberst Juan Roca.»

«Kann ich den Tagesoffizier sprechen?» fragte ich nach einigem Zögern, in der Absicht, darüber Auskunft zu erhalten, was seit dem Tag meiner Einlieferung ins Krankenhaus vorgegangen war.

Der Leutnant gab sich betont zurückhaltend. Er bestätigte nur, dass das Amt des Alcalden an Oberst Roca übertragen worden sei.

«Ich habe seit Tagen keine Verbindung mehr mit meinem Freund Max. Was ist über sein Schicksal bekannt?»

Der Leutnant schüttelte den Kopf: «Uns wurde ausser Ihnen kein anderer Tourist gemeldet, der in einem Zusammenhang mit der Maiskolben-Bande stand.»

Damit brach der Leutnant unsere Unterredung ab. Mein Bitten bewirkte schliesslich, dass er für kurze Zeit im Amtsraum des Alcalden verschwand.

Seine Meldung war eindeutig: «Der Oberst ist für Sie nicht zu sprechen. Er gibt Ihnen drei Tage Zeit, um aus seinem Bezirk zu verschwinden!»

Von nun an wurde ich ständig von zwei Soldaten und einem Inspektor in Zivil begleitet. Die «Schutzgarde», wie sie offiziell bezeichnet wurde, hatte wohl den Zweck, mich an weiteren Erkundungsgängen zu hindern. Niemand von den Leuten in der Bar und im Tabakladen, die Max und mich gekannt hatten, konnten sich an meinen Freund auch nur erinnern. Jede Frage nach dem Verbleib des jungen Photographen wurde mit einem Kopfschütteln beantwortet, die eingeschüchterten Indios waren noch weniger als sonst zum Sprechen bereit.

Schliesslich gab ich meine Versuche auf, dem Schicksal von Max weiter nachzugehen. Auch über meine Gastgeber konnte ich nichts in Erfahrung bringen. Niedergeschlagen wartete ich schliesslich die nächste Reisemöglichkeit ab.

Meine letzte Hoffnung war Pater Antonio gewesen, den ich durch einen Boten um Aufklärung gebeten hatte. Aber auch der Pfarrer liess mich ohne Antwort. Auf den Vorschlag eines Besuches war er ebenfalls nicht eingetreten.

Am Morgen des Reisetages meldete jedoch seine Haushälterin, der Pfarrer könne mich nun empfangen. Vergeblich hoffte ich, die mir aufgezwungene Wache würde mich wenigstens diesmal nicht begleiten. Der Inspektor folgte mir samt den beiden Soldaten, und alle drei betraten sogar das Pfarrhaus. Als ich den langen Gang durchschritten hatte, blieb ich vor dem Zimmer des Priesters stehen, wortlos stellten sich die drei Männer hinter mich. Das Gefühl, ein Gefangener zu sein, erfasste mich diesmal noch stärker als sonst.

Dann trat ich in das Gemach von Pater Antonio ein. Die Uniformierten postierten sich zu beiden Seiten des Ausganges, während der Beamte, nach einer kurzen Verbeugung, neben mir stehen blieb. Im hellen Licht des Morgens betrachtete ich die kleine Gestalt des Priesters und blickte in sein zerfurchtes Gesicht.

Der Mann war sichtbar krank, trotzdem gingen die Atemstösse ruhiger als während meines nächtlichen Besuches.

Mit einer Armbewegung wies der Alte auf den nebenstehenden Stuhl. Ich setzte mich stumm und wartete. Noch ehe ich mich entschuldigen konnte, dass mir die Manuskripte abhanden gekommen waren, bemerkte der Priester:

«Die Pergamente befinden sich im Archiv. Sie kennen nun die Geschichte vom Schöpfergott und der Maiskönigin», fuhr er fort, wobei sich seine Augen auf mich hefteten. «Sie haben die indianische Legende gelesen.»

Ich betrachtete den Priester, der trotz seiner Gebrechlichkeit und seiner Atembehinderung eine Kraft ausstrahlte, die ich immer mehr zu spüren begann.

«Sie haben auf dem letzten Blatt gelesen», fuhr die Stimme mit Entschiedenheit fort, «dass Viracocha und die Maiskönigin sich alljährlich für eine neue Ernte vereinigen müssen. Der hohe Symbolgehalt dieses Mythos dürfte Ihnen klar sein.»

Die Erklärungen des Geistlichen setzten mich in Verwirrung. Er sprach von Gleichnissen, die sich nicht im Pergament befanden. Die letzten Seiten des Manuskriptes waren von Pater Antonio selbst aufgezeichnet worden, und diese Blätter hatte ich mit besonderer Aufmerksamkeit gelesen. Ich blieb stumm, denn ich spürte, dass der Geistliche auf keinen Fall unterbrochen werden durfte. Verstohlen betrachtete ich den Inspektor, der unserer Unterhaltung zuhörte, ohne eine Äusserung zu tun. Die beiden Wachen lehnten sich an die Türpfosten und stützten sich dabei auf ihre Gewehre.

«Die Sage erzählt», so hörte ich den Pfarrer weitersprechen, «dass von Zeit zu Zeit ein Mädchen geboren wird, welches «das Zeichen» trägt. Nach der Überlieferung erblickt die Mutter in der Nacht vor der Niederkunft den Schöpfergott. Das Feuermal auf der linken Seite des Gesichtes bestimmt das Mädchen für Viracocha, ein Mädchen, das einen andern Mann angenommen hätte, wäre am Grossen Fest gesteinigt worden. Dies geschah nach den

Berichten nie, und die Gezeichnete vermählte sich stets mit dem Mann, der die Maske des Schöpfergottes trug.

Die Sage ist damit noch nicht zu Ende. Sie weiss zu berichten, dass einmal Viracocha selbst erscheinen wird, der Gott in seiner eigenen Gestalt und ohne Maske. Er wird das Gewand des Bettlers tragen, und er geht am Grossen Fest, auf den Stab gestützt, seinem Volk voran. Die Indios des Hochtals haben die Hoffnung noch immer nicht aufgegeben, dass aus der Verbindung des fleischgewordenen Schöpfungsgottes mit der Maiskönigin ein Erlöser geboren wird ... eine Art indianischer Messias, der den Unterdrückten die Freiheit bringt.» «Wie meinen Sie das?» unterbrach der Inspektor den Priester. «Es gibt hier keine Unterdrückten, und die wenigen Aufwiegler wurden in die Berge zurückgedrängt, dort werden sie keinen Schaden mehr stiften.» Zugleich gab er mir einen Wink, dass die Unterredung zu Ende sei.

«Die Regierung ist Herr der Lage ...», sagte Pater Antonio, indem er auf die Waffen der Soldaten blickte.

«Nie wird sie zulassen, dass sich die Nachricht von den drei Maiskörnern in unserem Hochtal verbreitet.»

«Drei gelbe Maiskörner würden verkünden, dass die Erdmutter von Viracocha selbst empfangen hat und in ihrem Leib den kommenden Erlöser trägt.» Der Priester blickte mich an, und sein Gesicht leuchtete im Strahl der Morgensonne. Trotz seiner Altersbeschwerden erhob er sich und drückte mir zum Abschied die Hand.

Ich spürte etwas in die Handfläche gleiten, das ich vor meinen Wächtern verbarg.

Erst als ich mich, in mein Spitalzimmer zurückgekehrt, völlig unbeobachtet wusste, löste ich das winzige Baumwollsäcklein aus meiner Faust und betrachtete lange die drei Körner von gelbem Mais.

# *Die Botschaft des Quipu*

# Die Gastfreundschaft des alten Maya

Das Surren der Motoren wurde dünner. Ein Blick auf die Uhr belehrte mich, dass der Flug genau vier Stunden und zwölf Minuten gedauert hatte. Das Ziel musste unmittelbar vor uns liegen, schon hatte der Pilot das Gas zurückgenommen und begann im Gleitflug niederzugehen. Ein Stück rötlichen Bodens diente als Landepiste. Scharf stach die Maschine in die Urwaldlücke, und mit unsanften Stössen rollten wir aus.

Einen Moment musste ich gegen die Müdigkeit ankämpfen, die mich umfangen hielt. Bäume, Bäume, eine endlose grau-grüne Fläche, von blauen Flüssen durchschlängelt, das war das Bild der letzten Stunden. Der Flugzeugführer und ich bildeten die ganze Besatzung; diese Linie wurde in Guatemala nur alle paar Jahre geflogen. Es hatte mich auch genug Anstrengungen gekostet, einen Piloten zu finden. Zuverlässige Karten gab es nicht, und von Flugsicherung war keine Rede. Ein kleines Abweichen vom Kurs bedeutete fast sicheres Verderben. Aber ich musste die sagenhafte Opferstätte der alten Maya finden, koste es, was es wolle.

Das also war Ixtapulco: ein schmales, langgezogenes Feld, von den Entdeckern des Heiligtums in den Dschungelwald geschlagen, am Rande einer indianischen Siedlung.

Der Pilot wies nach der nächsten Behausung: «Dort findet der Señor Unterkunft; der alte Enrique wird Ihr Führer zum Tempel sein.» Er klatschte dreimal in die Hände und sprach zu dem Indianer, der plötzlich vor uns stand, einige unverständliche Worte, wobei er auf mich wies. Ich betrachtete den Indio, der die nächste Zeit mein Gastgeber sein sollte. Ein kleingewachsener Mann von schwer zu bestimmendem Alter, er mochte zwischen sechzig und siebzig Jahren zählen. Die graue, zerfranste Hose war mit einem Band um den Leib geschnürt, ein Hemd von gleichem Aussehen bekleidete den Oberkörper. Mit weit ausholendem Schwung zog er den breitrandigen Strohhut vom Kopf, wobei er in gebrochenem Spanisch einen Willkommensgruss murmelte. Ein Gesicht, wie ich es schon zu Tausenden gesehen hatte, scharfknochig ohne jede Gebärde, die dunklen Augen blickten streng in die Ferne.

Ich erwiderte den Gruss. Meine Gepäckstücke waren rasch herausgenommen, und schon startete die Maschine, mich in diesem entlegensten Ort der Welt zurücklassend.

Das Haus des Alten erwies sich als ein Steinbau, den die Angehörigen einer früheren Kultur errichtet hatten. Es enthielt verschiedene Räume von quadratischem Gleichmass, die Deckbalken zierlich bearbeitet, der Boden mit Platten bedeckt. Man überliess mir das grösste Zimmer, und ich wurde aufgefordert, während meines Aufenthaltes an den Mahlzeiten der Familie teilzunehmen. Im beinah leeren Raum befand sich die Lagerstätte, einige über getrocknetem Laub ausgebreitete Tücher. Die weissgetünchten Wände enthielten eine Farbe, die sich über Jahrhunderte erhalten hatte und gaben auf einer Seite ein Fenster frei. Alles war kahl, nur an einer Wand hing ein aus Bast geflochtenes Kreuz.

Ich richtete mich einigermassen häuslich ein und unternahm einen Gang durch das Dorf. Mein Gastgeber war der einzige, mit dem ich mich notdürftig verständigen konnte; das indianische Idiom dieser Gegend war mir nicht geläufig. Hier hatte sich einmal der Verwaltungsbezirk eines hochentwickelten Volkes befunden, Bauart und Anlage des Dorfes bewiesen dies deutlich. Aber die heutigen Bewohner liessen alles verfallen und verschmutzen. Überall blickten uns indianische Weiber entgegen, umgeben von verwunderten Kindern. Als wir bei der Dorfkirche angelangt waren, fragte ich meinen Führer nach den Männern und erhielt die Antwort: «Fort, Urwald».

Die Kirche hatte man in einen Rundturm aus der früheren Epoche eingebaut. Auch hier waren die Wände weiss getüncht und völlig kahl. Fast störend wirkte die überladene Pracht des Altars. Auf den vier Seiten bemerkte ich Kreuze aus geflochtenem Bast, die von der Decke bis zu den Steinplatten des Bodens reichten. In der

Mitte des runden Raumes erhob sich ein ovales Taufbecken aus schwärzlichem Vulkanstein. Ein Band mit eingehauenen Figuren schloss den oberen Rand ab. Zwei seitliche Bruchstücke deuteten darauf hin, dass die verzierte Rundung ursprünglich in einen Ast oder Zweig ausgemündet hatte. Das Gefäss war gesprungen, weit hinunter reichte eine Spalte, die mit grauem Kalk roh verputzt war. So konnte das Taufwasser nicht ausfliessen. «Wo ist euer Priester?» fragte ich Enrique und erfuhr, dass der Geistliche in den «Missiones» seine Station habe und einmal im Jahr herkomme, um die Neugeborenen zu taufen. Das Steinband hatte mein Interesse erweckt: in dem Basalt waren Darstellungen eingemeisselt, die von einem Götterkult stammten, wie ihn die Spanier bei der Eroberung des Landes angetroffen hatten. Auf einem Sessel thronend überragte Itzamná das ganze Geschehen, und ihm wurden Menschenherzen dargereicht. Das Relief wiederholte immer wieder die Opferung für den grausamen Kriegsgott. Vier Diener hielten Arme und Beine des Unglücklichen, und der Priester riss ihm mit dem Messer aus Obsidian das blutende Herz aus dem Leib.

Mein Führer hatte sich derweilen bekreuzigt und den Kirchenraum verlassen. Ich schloss mich ihm an, in Gedanken versunken, dass dieses Überbleibsel einer heidnischen Zeit Verwendung in einer Christus geweihten Kirche finden konnte. Sicher beachteten die Indios den Taufstein kaum und wussten mit den dargestellten Bildern nichts anzufangen. Überall befand sich in den Häusern ein geflochtenes Kreuz als Zeichen, dass die frühere Zeit tot und überwunden war. Doch lebte kein Priester unter ihnen, der Trost und Glauben spenden konnte. Die Christenschar war von ihrem Hirten verlassen worden.

Wenige Äcker waren mit Manioka oder Mais angebaut worden, das Werk dürftiger Frauenarbeit. Ich vermutete, dass die männliche Bevölkerung sich dem Suchen von wildem Gummi widmete. Pflanzungen anzulegen war für diesen Stamm sicher fast unmöglich. Das stolze Volk der Maya mit seinen Städten, seinen gartenähnlichen Anlagen und seinen hochentwickelten

Kenntnissen war auf die primitive Stufe der Jäger und Sammler hinabgesunken! Ruinen von Palästen und Kultstätten befanden sich im ganzen Land verstreut. Die alte Kultur war untergegangen, noch lebten Reste der Maya an verschiedenen Orten, doch schien die Erinnerung an die glorreiche Epoche den heutigen Indios völlig verloren gegangen zu sein.

Die Pyramide mit der Opferstätte befand sich im Dschungel, die Urwaldbäume hoch überragend. Unzählige Steinstufen führten zum kleinen Tempel, dessen Bauart ich von unten kaum erkennen konnte. Die breite Treppe ging von einem Tempelplatz aus, der von umgestürzten Säulen eingefasst war. Die untersten Stufen, mit Moosen überwachsen, mündeten in den hochaufragenden Steinbau. Welch phantastischer Anblick: Ich meinte, eine grüne Woge aus dem Urwald hinaufschlagen zu sehen, die sich in einer steilen Welle von weissem Schaum bis zum Himmel fortsetzte.

Enrique hatte mich geleitet und sah mir abwesend zu, wie ich den Tempelhof abschritt. Dieses Geviert war erst kürzlich von allen Pflanzen gesäubert worden. Ich befragte darüber meinen Führer, doch dieser blickte mich nur stumm an. Als die Kultstätte in der Neuzeit aufgefunden wurde, hatten es die Forscher von den umklammernden Pflanzen befreit. Das musste schon Jahrzehnte zurückliegen, der Buschwald hatte inzwischen alles wieder überwuchert.

Beim Aufstieg bedeutete mir der Alte, dass ich allein meinen Weg fortsetzen sollte. Seine Verneigung geschah so obenhin, dass ich nicht wusste, ob er sich von mir verabschieden wollte oder dem hochgelegenen Tempel seine Verehrung bezeugte. Ich begann die Steintreppe hinaufzugehen, wo früher der Priesterzug einhergeschritten war. Bald lagen die Wipfel der Urwaldbäume unter mir, und ich strebte der Zinne mit den Säulen und dem weissen Dach zu.

Im Tempel befand sich ein roh behauener Altar aus dunklem Stein. Hier erlebten die Opfer ihre letzten, qualvollen Augenblicke. Was in dem dämmrigen Raum einmal vor sich gegangen war, zeigte das anstossende Basaltbecken. In der Mitte des Steinbandes thronte der Kriegsgott, und das Relief wiederholte in genauer Reihenfolge die Bilder, die ich am Taufbecken der Kirche gesehen hatte! Der Spalt des Beckens war hier nicht mehr zugemauert, er wies nach einer seitlichen Öffnung des Tempels hin, bereit, den überquellenden Inhalt ausfliessen zu lassen. Die Verzierungen waren voll erhalten, aber sie stellten nicht Äste und Laubwerk dar, wie ich in der Kirche angenommen hatte; das Gefäss mündete mit zwei Schlangenkörpern, die dem Blut als Führung dienten, ins Freie.

Opferstein und Blutbecken füllten den Tempelraum völlig, nirgends konnte ich jedoch die Götzenfigur entdecken, der sie dienten. Ich entsann mich der knappen Beschreibung jenes Forschers, der das Heiligtum entdeckt hatte. Das Dokument befand sich, beinah vergessen, in einem Museum der Hauptstadt. Es erwähnte Opferstätte und Gefäss, vermerkte indessen ausdrücklich, dass von einer Gottheit jede Spur fehle. Dies war verwunderlich, da sonst bei allen Funden diese diabolische Dreiheit vorhanden war. Ich trat aus dem Tempel in das grelle Licht der Zinne. Die Seite, wohin die Schlangen züngelten, endete in einem ungefügten Block, sonst bestand die ganze Pyramide aus behauenem Stein. Langsam schritt ich hinunter zum Tempelhof, wo der Alte geduldig auf mich wartete. Obgleich wir uns jeweils nur mit wenigen Worten verständlich machen konnten, herrschte unter uns eine gute Kameradschaft, und Enrique begleitete mich auf meinen Streifzügen.

Ich besuchte das alte Heiligtum beinah alle Tage, vertiefte mich in Bauart und Anlage und bewunderte die reichen Verzierungen. Nie liess sich der Indio bewegen, auch nur eine Stufe zum Tempel emporzusteigen. Gar zu gerne hätte ich erfahren, welche Beziehungen der Maya zum Kult seiner Vorfahren noch hatte.

An einem Morgen herrschte im Dorfe lebhafter Betrieb. Die Männer und Burschen waren zurückgekehrt und brachten unförmige Klumpen von Gummi mit, die sie von wildwachsenden Bäumen gesammelt und am Feuer gehärtet hatten. Erst jetzt wurde mir so richtig bewusst, wie sehr ich ein Fremder blieb, niemand schien mich zu beachten oder auch nur eines Blickes zu würdigen. Selbst mein Gastfreund hatte weniger Zeit für mich. Wohl sorgte er für Essen und Trinken, auf meine ausgedehnten Streifzüge begleitete er mich indessen nicht mehr. Ich beobachtete einige Male, wie er sich mit dem Schnitzen eines Gegenstandes beschäftigte, den er beim Nähertreten durch ein Tuch verdeckte. Überall wurden Vorkehrungen getroffen, die mit dem Zurückkommen der Männer im Zusammenhang standen. Einmal war ich zufälligerweise hinter das Haus in den gepflasterten Hof eingedrungen und gewahrte eine Anzahl geschlachteter Hühner und Truthähne. Sie hingen an einer Reihe, die Hälse nach unten, und das Blut sammelte sich in einem Becken aus dunklem Basalt. Ekel und Abscheu erfassten mich. Ich trat in das Haus, um den Alten zu suchen. «Fiesta», murmelte er auf meine Frage, und als ich nähere Auskunft haben wollte, ergänzte er noch: «in der Nacht des Vollmondes». Ich trat hinaus — das Becken war verschwunden. Die Vorbereitungen für das Fest wurden getroffen, doch spielte sich alles in einer Welt ab, die mir verborgen blieb.

Auch ich hatte mich für das festliche Ereignis vorbereitet. Alle Anzeichen wiesen darauf hin, dass hier eines dieser Feste abgehalten wurde, die in mündlicher Überlieferung seit den grossen Zeiten weiterlebten. Ich überlegte mir, dass die alten Festtänze und Kriegsspiele nur auf dem Tempelplatz stattfinden konnten. Niemand durfte Zeuge von Darstellungen sein, wie sie dieses Volk noch in geheimen Träumen erlebte. So hatte ich mir auf einer moosbewachsenen Stufe ein Versteck gewählt, wo sich die letzte Säule der von der Zinne hinunterreichenden Reihe befand.

Am Abend des Vollmondes begab ich mich zum Tempel und harrte stundenlang im Verborgenen, nur von den vertrauten Geräuschen des Urwaldes umgeben. Schliesslich schlief ich ein. Ein fernes Singen weckte mich auf, und ein Zug von Fackeln erschien, der sich dem Festplatz näherte. Voran schritten junge Männer, bis auf den Lendenschurz nackt, sie trugen breite Schwerter von altertümlicher Art. Hinter den Kriegern folgten vermummte Gestalten, nur undeutlich wahrnehmbar. Nun stellten sich die Schwertträger zu einer langen Reihe auf, und der Kriegstanz begann. Das Kriegsspiel endete damit, dass die Reihe einen Kreis bildete, und im Säulenhof herrschte plötzlich Stille. Auf hohem Thronsessel trugen vier Vermummte den Gott des Krieges herein. Ein weisser Mantel bekleidete ihn, darüber befand sich eine schwarz-rot bemalte Maske. Im Licht des Mondes zeigte die Fratze einen geöffneten Mund und eine scheussliche Zunge. Der Kreis der Männer kniete nieder. In der Mitte wurde der Sessel aufgestellt, und Itzamná trat seine Herrschaft an. Der Priester begab sich zum Altar, in seiner Rechten hielt er das heilige Messer aus Obsidian. Vier Diener verneigten sich unterwürfig, bereit, seinem Wink zu folgen. Noch war kein für den Opfertod bestimmter Gefangener zu sehen.

In diesem Augenblick packte mich eine niegekannte Furcht, und meine gefährliche Lage wurde mir bewusst. Der grausame Kult ihrer Vorfahren brach mit Urgewalt aus dem Innern dieser Primitiven, und als Opfer hatten sie den Fremden ausersehen!

Nur fort von hier. Hastig begann ich im Schatten der Säulenreihe die Stufen hinaufzusteigen und erreichte die Plattform, vor Angst und Anstrengung in Schweiss gebadet. Ich zwängte mich zwischen Altar und Becken durch und überkletterte die Mauer. Hier befand sich der seltsam ungefügte Block, der nur schlecht in die Reihe der glattbehauenen Steine passte. Mein Blick folgte unwillkürlich den Formen des Urgesteins.

Plötzlich erkannte ich im Felsen den dämonischen Gott, den der Forscher vergeblich gesucht hatte. Das Gesicht kaum angedeutet, Augenhöhlen und Nase flach, öffnete die Fratze ihren gierigen Mund und zeigte eine lüsterne Zunge. Der steinerne Teufel lechzte nach Blut, und dieses wurde ihm bei den Opferungen durch die Schlangenleiber zugeführt.

Ohne den Halt der Mauerbrüstung wäre ich vor Entsetzen in

die Tiefe gestürzt. Ich wich in das Innere des Tempels zurück, meiner Sinne kaum mehr mächtig. Seltsame Schatten begannen sich im dunkeln Raum zu jagen, und feurige Punkte leuchteten in allen Ecken auf. Meine Hände ergriffen lose Steine und schleuderten sie gegen das Böse, das mich allenthalben umfing. Dann verlor ich das Bewusstsein.

Langsam nur begannen die flimmernden Pünktlein ruhiger zu werden. Die hellen Streifen erstarrten zu einer weissgetünchten Wand, und ich erblickte ein Kreuz aus geflochtenem Bast. Kopfschmerzen und Durst quälten mich. Ein Gesicht erschien, gütig und besorgt, der alte Maya beugte sich über mich und reichte mir einen Trunk. Schon wieder fiel ich in einen todähnlichen Schlaf, im Innersten geborgen und getröstet.

Manchen Tag lag ich im Fieber, die Wunde an meinem Kopf wurde von Enrique mit heilenden Kräutern gepflegt. Er umsorgte mich wie ein Vater, machte sich ständig um mich zu schaffen und stützte meinen geschwächten Körper bei den ersten Ausgängen. Wir sprachen nie ein Wort über das, was vorgefallen war, doch mieden wir den Weg nach der Opferstätte.

Die Zeit war gekommen, da der Pilot mich aus meiner selbstgewählten Verbannung abholen kam. Der Abschied ging wie das Ankommen vor sich. Die Motoren begannen zu surren, und der alte Maya verbeugte sich vor mir, während seine Augen in die Ferne blickten. «Adios Señor», murmelte er und schwenkte den Strohhut mit weitausholender Gebärde.

Dieses Mal hatten wir günstigen Rückenwind, und der Flug dauerte weniger als dreieinhalb Stunden. «Du bist auf der Steintreppe hingefallen», erklärte mir mein Pilot, der lange mit meinem Gastfreund gesprochen hatte. «Als das grosse Fest gefeiert wurde ...», fügte er noch zögernd hinzu.

Sagte er wohl die Wahrheit?

# Die Fazenda von Iguassú

Niemand konnte uns Auskunft geben. Seit etlichen Tagen schon versuchten wir etwas über die alte Fazenda zu erfahren. Aber kein Einwohner dieses brasilianischen Dörfchens wollte je den Namen Velha Iguassú gehört haben.

Und doch waren wir nach den Ratschlägen des geschichtskundigen Archivars aufgebrochen, um die Reste dieser Festung zu finden. Es konnte nicht nur eine Sage sein, die Pergamentkarte aus dem Jahre 1772 verzeichnete deutlich ein neues und ein altes Iguassú. Als wir die Ortschaft erreicht hatten, waren wir gleich in die einzige Bar eingetreten, um genauere Auskünfte zu erhalten.

Wer aber wusste hier etwas von der Vergangenheit des Landes und den Anfängen seiner Kolonisation! Lächelnde Mulatten und Abkömmlinge der Tupí-Indianer verwirrten uns nur mit ihren Reden. Sie erzählten vom grossen Brand, der die Häuser zerstörte und den Buschwald im weiten Umkreis einäscherte. Sie sprachen von Überschwemmungen, bei denen ein Grossteil der Bevölkerung ertrank und man sich nur durch Flucht aufs hochgelegene Tinguá-Gebirge retten konnte. Aber von einem Herrensitz der portugiesischen Eroberer wollte niemand etwas wissen.

Das Pergament des Archivars verwirrte uns noch mehr. Alle Flussläufe mussten sich im Verlauf der Jahrhunderte verändert haben, die heute vorhandenen Strassen waren nicht eingezeichnet, die Wege der Karte führten in ein undurchdringliches Buschwerk. Und doch schien es mir, die Leute wüssten mehr, als sie sich den Anschein gaben. Warum nur verstummte das Gespräch meistens, wenn wir die lärmige Bar betraten? Auch hatte ich den Eindruck, dass wir bei unserem Tun immer beobachtet würden. Sicher waren wir unbequeme Fremde, die versuchten, auf rohe Art in das Unberührbare eines kleinen Fleckens Erde einzudringen.

Wieder sassen wir bei den Männern und tranken Cachaça, den starken Schnaps Brasiliens. «Amigos», sagte ich und klopfte den um mich Sitzenden nach Landesbrauch freundschaftlich auf die

Schultern, «amigos, noch eine Runde für alle! Wer mir die schönste Geschichte aus früherer Zeit erzählt, erhält den Inhalt dieses Beutels!» Dabei schlug ich bedeutungsvoll an das Säcklein aus Leder, in dem sich Silbermünzen befanden, genügend, um davon viele Monate leben zu können. Ein Schweigen antwortete mir, während der Criado jedem das Schnapsglas neu einfüllte.

«E um lugar maldito» — es ist ein verwunschener Ort — liess sich plötzlich aus der Tiefe der Tropennacht eine Stimme vernehmen. «Unglück, Seuchen und Tod kommen von dieser verdammten Ruine her, und noch immer haust der Geist des bösen Fernando in den Gemäuern.»

Die Gestalt war nähergetreten aus dem Rund der Palmenstämme, die gleichsam die elende Schnapshütte nach dem Unterholz hin abschlossen. Es herrschte weiterhin ein undurchdringliches Schweigen, das der nächtlichen Feindseligkeit nicht nachstand. Nur die rotglühenden Cigarrilhas zeigten an, dass wir uns mitten unter den Männern befanden, die unsere Augen nicht sehen konnten. «Erzähle», gebot ich mit heiserem Ton.

«Es gibt nicht viel zu erzählen», fuhr die Stimme — sie mochte einem jungen Mann gehören — in gleicher, fast singender Weise fort. «Es gab einmal ein stolzes Herrenhaus, es war der Sitz des Generalkapitäns, der über die weitumliegenden Lande herrschte, bis nach Minas Gerais. In Velha Iguassú befand sich auch der Herr, Dom Fernando der Grausame. Das ist lange her, die Festung wurde aufgegeben, die Soldaten haben sich verlaufen, doch sein böser Geist ist an die Fazenda gebannt. Alles ist in dichtem Buschwald untergegangen, und die Strassen sind völlig überwuchert.» «Willst du uns führen?» fragte ich die Stimme und schlug dabei an den Beutel. «Nao», war die stolze Antwort, die sich mit dem Silberklang der Münzen vermischte, und der Schatten verschwand hinter den Palmstämmen.

Dennoch sollte ich einen Führer finden, der uns den Weg zum verwunschenen Gebiet wies. Was ist doch nicht alles um Geldes willen getan worden! Ich musste bei der Jungfrau und allen Heiligen schwören, den Namen niemals preiszugeben, und so wird ihn auch niemand erfahren. Verraten sei nur, dass meine beiden Gefährten und ich den Kundigen weit ausserhalb des Dorfes trafen, beim Morgenerwachen und mit der Zusicherung des doppelten Lohnes. So zogen wir schweigend durch die Grassteppe, scheinbar ohne Weg und Ziel. Es ging den Bergrücken des Tinguá-Gebirges entgegen. Bald liefen wir leichtfüssig über dünnes Gras, bald mussten wir unseren Weg durch verschlungenes Gebüsch erkämpfen. Nach etlichen Stunden erreichten wir eine schmale Hochfläche, die beidseitig mit Eukalyptus und Mamao-Bäumen umsäumt war und in dunstiger Ferne in einen Palmenwald mündete. Weiter oben begann schon der Urwald, der sich über das Gebirge hinzog und bis zum entlegenen Minengebiet führen mochte. Schon zeigte der Führer mit ausgestrecktem Arm an das Ende des Hochtals, wo zwischen den Bäumen einzelne aneinandergebaute Häuser zu erblicken waren. «O lugar maldito», brummte er und schlug dabei mit hastiger Gebärde dreimal das Zeichen des Kreuzes. Hier begehrte er auch, umzukehren. Ohne Dank nahm er das Silbergeld entgegen.

Die Fazenda Iguassú erhebt sich auf einem Hügel, ein zweistökkiges Landhaus im Stil Manuels des Glücklichen und erbaut in der Entdeckerzeit, wenige Jahrzehnte nach Kolumbus und Vasco da Gama. Ihre Mauern sind aus rotem Ton, die Fensterläden weiss gestrichen, die Ziegel wellenförmig angeordnet und aus Keramik hergestellt. Das Gebäude ist mit Schlingpflanzen überwachsen und mancherorts mit süssduftenden Blumen bedeckt. Überall zeigen sich Anzeichen des Verfalls, einzelne Partien sind bereits eingebrochen, andere weisen noch die reiche Verzierung der damaligen Bauepoche auf.

Wir befanden uns am verwunschenen Ort jenes unheimlichen Fernando.

Einem grossangelegten Viereck schlossen sich kleinere Gebäude an, wohl Behausungen von Soldaten und Sklaven. Weitläufiges Mauerwerk gab Sicherung und Schutz und verband die vielfältigen Bauten zu einer Festung. Die Wildnis hatte von dem riesigen Hof seit langem wieder Besitz ergriffen, ein buntes Durcheinander von Blumenbüschen, Tropenpflanzen und dornigem Unterholz überwucherte das Ganze, aus Fenstern und Dachluken ragten Stämme verschiedenartigster Bäume.

Mit der gebotenen Vorsicht begannen wir die einzelnen Räume zu durchforschen. Schlangen und anderes Getier machen sich solche Gemäuer gerne zum Wohnsitz. Ein grosser Saal zeigte in steinernem Relief eine Waage, Sinnbild der Gerechtigkeit. Die seitlich gelegene Kapelle war völlig verfallen, der runde Taufstein mit dem Kreuz des Erlösers in viele Stücke gesprungen.

So gingen wir behutsam von Raum zu Raum, alles war gespenstisch leer, unheimlich einsam und seit Jahrhunderten von jeder menschlichen Seele verlassen. Kleine Säulenhallen führten uns in den ursprünglichen Garten. Wir klopften die Umgebung ab, um die Tiere zu verscheuchen, sahen Urubú-Geier sich träge erheben und hörten das Rascheln von sich davonmachenden Tieren.

Die einbrechende Nacht gebot unserem Treiben Halt und liess uns das Zeltlager aufsuchen.

Ich konnte nicht schlafen. Die Fazenda hatte mich in die unmittelbare Nähe der Entdeckerzeit gebracht, mit ihrem unaufhaltsamen Schwung zu Neuem und Ungesichtetem.

Dies beschäftigte mich lebhaft, doch erfüllte mich gleichzeitig eine quälende Unruhe: irgendeine Tatsache des am Tage Geschauten stand in Widerspruch zu meinen bisherigen Vorstellungen. Doch war das Bild mir entschwunden. Schliesslich fiel ich in einen tiefen und traumlosen Schlaf.

Plötzlich wachte ich auf. Nun sah ich klar: eine Wegspur im Gras. Ich verdeutlichte mir nun in der Dunkelheit, was ich am Tag gesehen, doch nicht erkannt hatte: eine steinerne Strasse zog sich durch dieses Gebiet gegen das ferne Gebirge hin. Eine Römerstrasse in einem weitabliegenden Teil Südamerikas, durch den brasilianischen Urwald?

Kaum konnte ich das erste Licht des Morgens abwarten. Ich eilte vor das Herrenhaus und betrachtete lange die Gegend.

Genau erkannte ich nun die Wegführung dem Hochtal entlang, hinauf zur Serra de Tinguá bis zu einem flachen Einschnitt des Bergrückens.

Mit beiden Händen begann ich ein kleines Stück flachen Felsens zu säubern und fand nach Entfernung der Grasdecke einen gelblichen Quaderstein. Er war schön behauen, kunstvoll mit einem Zwillingsstein zusammengefügt. Meine Gefährten begriffen ohne viele Worte, dass hier etwas Besonderes zu finden war. So legten wir dann ein halbes Dutzend Quader frei, einen winzigen Teil jener kühnen Strasse. Es schien, als sei der glatte Boden eines Prunksaals in das grüne Hochtal eingelassen worden. Keine Spalte zeigte sich, so genau passten die Steinplatten aneinander. Das Gestein war von härtester Art, kein Stück wies Merkmale von Verwitterung auf. Wir liessen nun ab von den einzelnen Steinen und folgten der Strassenführung hinauf in den Urwald.

Unsere alte Karte liess uns nun nicht mehr im Stich. Sie verzeichnete eine feingestrichelte Linie von Velha Iguassú zu den Höhenzügen.

Wir verfolgten die Spur und betraten schliesslich einen Tropenwald. Die Strasse wurde immer besser sichtbar, beidseitig von Riesen flankiert, verlor sie ihre Decke aus Grau völlig. Quader an Quader führte sie durch die dunstige Dämmerung höher hinauf. Der steinerne Weg lehnte sich an Bergrücken an, folgte Windungen und vielfach gewellten Hügeln. In schlankem Bogen wurden Gewässer überwunden, gutgefugte Brücken aus dem gleichen Gestein spannten sich über die Abgründe.

Stumm, beinahe andächtig schritten wir weiter, stundenlang, Hunger und Durst vergessend. Die Strasse war breit genug, dass Maultiere mit ihren Lasten und selbst Ochsenkarren durchkommen konnten. Nur vorwärts!

Die Serra de Tinguá begann steiler zu werden, und die Passstrasse zeigte Spuren des Zerfalls. Hie und da waren ganze Wegführungen hinuntergerutscht, Tropenregen hatten in jahrhundertelanger Arbeit ihr Werk getan. Oft mussten wir über grosse Blöcke klettern, oft uns mühselig zwischen Wildwassern durchkämpfen. Die Brücken drohten einzustürzen, und die Steine lösten sich unter unseren Füssen. Schliesslich erreichten wir die Höhe des Übergangs. Und hier endete die Strasse.

Eine mächtige Brücke über einem senkrechten Abgrund war eingestürzt, jedes Weiterdringen war unmöglich. Ein Halbbogen auf unserer Seite ragte noch in die Luft. Wir gewahrten, wie die Strasse weiterzog, doch nie mehr konnte ein Wanderer sie betreten.

Wir setzten uns an den Rand der Felsschlucht. Tief unten schäumte das Wasser dem Teil des Bergpfades nach, dem wir nur mit den Augen folgen konnten. Unser langanhaltendes Schweigen war einer plötzlich hervorbrechenden Gesprächigkeit gewichen.

Wohin mochte wohl die Strasse geführt haben? Wer hatte sie erbaut und zu welchem Zweck? Unzählige Sklaven hatten in harter Fronarbeit ein solches Werk errichtet.

Wir sprachen von den Goldsäcken, die über den Pass gesäumt wurden und begannen zu schätzen, welche Menge an Blöcken für diesen Pfad behauen werden musste.

Einmal war die Strasse dann aufgegeben worden. Die Zeichner der alten Karte wussten noch von ihr, aber auch, dass sie sich irgendwo im Gebirge verlor. Damals schon führte sie nicht mehr an ein Ziel, kein Gold wurde mehr auf ihr befördert. Erschöpften sich die Minen, traten Naturgewalten dem Menschen entgegen oder vernichteten die Ureinwohner ein dämonisches Werk?

Wir beschäftigten uns mit Dom Fernando, dem grausamen Generalkapitän. Wie viel Schuld mochte er tragen, dass er keine Erlösung fand! Wir spannen Geschichten von mächtigen Herren und ergrimmten Untertanen.

Das Wasser in der Rinne des Abgrunds floss auf die andere Seite des Gebirges und gab uns seine eigene Antwort. Seltsam beschwingt begannen wir den Rückweg anzutreten. Der Sklavenpass von Tinguá hatte uns gefangen, nun mussten wir uns von ihm befreien.

Immer klarer fanden wir den Weg zurück von all dem Dunkeln und Drohenden. Erlöst traten wir in das Licht des Tals.

# Das Krokodil

Lieber Freund!

Mein Verhalten von gestern hat Sie befremdet. Mehr noch: Sie waren entsetzt. Die seit Jahren geübte Selbstbeherrschung bis zum Äussersten ist plötzlich von mir abgefallen. Eine Wildheit und Wut brach aus mir heraus, die Sie erbleichen liess.

Als Arzt sprachen Sie so, wie ich es von einem Berufskollegen erwarten durfte. Sie stellten die Diagnose auf Überarbeitung, Überreizung der Nerven, rieten zu Schonung und Arbeitsunterbruch. Ihr Appell gipfelte in dem behutsam vorgebrachten Vorschlag, einen gemeinsamen Freund unserer Universitätsjahre zu konsultieren, der heute eine weltbekannte Kapazität im psychiatrischen Gebiet ist.

Wir Ärzte sind es gewöhnt, den Verlauf einer Krankheitsgeschichte genau aufzuzeichnen. Sie erinnern sich gewiss an das, was sich ereignet hat: Wir sassen in meinem Studierzimmer, wie wir es oft schon getan hatten. Gedankenaustausch ist schön, besonders, wenn man sich vom Gesprächspartner verstanden fühlt. Auch hatten wir wenig getrunken, zwei, drei kleine Gläser von dem auserlesenen Wein, den ich meinen bevorzugten Gästen anbiete.

Warum nur mussten Sie auf das Krokodil zu sprechen kommen? Der Abend wäre ganz anders verlaufen, harmonisch und angeregt wie immer. Ich hätte Sie dann nicht so erschreckt. Nie haben Sie das plumpe Ding bemerkt, das zuoberst auf dem Büchergestell steht. Vielleicht haben Sie es früher schon gesehen, aber nicht in unserem Gespräch erwähnt. Dieses Mal jedoch, es war gegen elf Uhr, also zu einer Zeit, da Sie üblicherweise zu gehen pflegten, blickten Sie nach oben und fragten mich, warum ich dieses hässliche Reptil aufbewahre. Sie liessen sich von meinen nichtssagenden Erklärungen nicht abhalten. Trotz meiner heftigen Abwehr gingen Sie sogar zum Schrank und holten das Tier herunter. Auf keinen Fall konnten Sie meine wachsende Erregung bemerkt haben, als Sie mich nochmals baten, diesmal bestimmter und rücksichtsloser, Ihnen zu erzählen, welche Bewandtnis es damit habe. Wieder versuchte ich auszuweichen, eine belanglose Bemerkung hinzuwerfen. Welcher Dämon gab Ihnen den nächsten Satz in den Mund? «Ich weiss nicht warum», sagten Sie, «immer, wenn ich ein Krokodil sehe, kommt mir eine Redensart eines indianischen Stammes aus dem Hochtal in den Sinn.»

Nur zu genau wusste ich, was nun kommen würde. Hätte ich die Kraft besessen, dann wäre ich auf Sie zugestürzt und hätte Ihnen den Mund zugehalten. So aber musste ich den verhängnisvollen Spruch der Hochlandindianer hören, Wort für Wort, gelähmt und hilflos.

Dann sprang ich auf und schrie, es sei nicht wahr, der Spruch sei falsch und grausam. Ich warf Gegenstände um mich, und Schaum trat auf meine Lippen. Ihr Blick war ernst, als Sie mir eine Beruhigungsspritze gaben.

Das Ganze liegt viele Jahre zurück und begann mit einem riesigen Spass. Ich bereiste damals ausgedehnte Gebiete in Lateinamerika. Natürlich geschah dies nicht zu meinem Vergnügen, woher hätte ein Assistenzarzt, kaum dem Studium entwachsen, die Mittel gehabt! Meine Aufgabe innerhalb einer Gruppe von Ärzten bestand darin, im Dienst einer weltweiten Organisation die Möglichkeiten der Fieberbekämpfung in verseuchten Regionen zu prüfen. Es war eine verlockende Arbeit, die den Grundstein zu meiner erfolgreichen Laufbahn legte. Jung und weltoffen nahm ich das Neue als tägliches Geschenk entgegen. Vor allem auch freute ich mich an den Dingen und suchte zu sammeln, was immer nur an typischen Erzeugnissen ich raffen konnte.

Einmal sah ich im Haus des Spitalvorstehers eine Anzahl Gefässe aus Ton. Die Formen der Vasen und Krüge fesselten meine Aufmerksamkeit. Besonders gut gefielen mir die Verzierungen, in braunroter Farbe eingebrannt. Mein Chef erklärte mir, dass diese Keramikgefässe aus einem Indianer-Pueblo stammten. In einem hochgelegenen Tal widmet sich ein Volksstamm seit undenklichen Zeiten der Herstellung von solchen Tonwaren. Die archaischen Formen der Darstellungen werden von Generation zu Generation weitergegeben. «Sie haben Glück», schloss der erfahrene Kenner seine kulturgeschichtliche Belehrung, «in wenigen Wochen ist in unserem Städtchen der jährliche Markt, da können Sie von einigen Indios aus dem Pueblo die schönsten Gefässe erwerben.»

Als ich mich auf dem bunten Markt befand, entsann ich mich der Worte meines Chefs. Er hatte mir auf den Weg mitgegeben, dass viel Zeit und Geduld erforderlich seien, um die Freundschaft von Indianern zu erwerben. «Drücken Sie auch auf den geforderten Preis», hatte er noch mit leisem Lächeln hinzugesetzt, «diese einfachen Menschen lieben das Handeln oft mehr als den Verkauf.»

Nach einigem Suchen fand ich auch die Leute aus dem Hochtal, fünf Männer und zwei Mädchen. Sie brachten ihre Schätze in geflochtenen Körben, die Tongefässe in Tücher eingehüllt. Der Anführer der kleinen Schar war ein Mann von vielleicht dreissig Jahren und hiess José. Wie mich doch diese Benennung reinrassiger Mixteken immer wieder aufs neue belustigte! Kaum vorstellbar, dass solche Indios auf den Namen des heiligen Joseph, Johannes oder Markus getauft wurden.

Wir hockten auf den Boden, und José begann bedächtig Stück um Stück seiner Tonwaren aus der schützenden Hülle auszupakken. Bald befand ich mich inmitten der schönsten Vasen und Platten. Jeder der Männer führte Keramik seiner Familie mit sich, Formen und Schmuck wiesen feine Unterschiede auf. Es wurde vorerst kein Wort gesprochen, während sich immer mehr von diesen kunstgewerblichen Herrlichkeiten um mich ausbreiteten. Als auch das letzte Stück vor mir lag, hatte ich die Gefässe meiner Wahl bereits beiseite gelegt. Nun erkundigte ich mich nach dem Preis. «Sie sind sehr schön», antwortete mir der Anführer in der Landessprache, und in monotoner Reihenfolge wiederholte jeder der Männer: «Sie sind sehr schön.» Ich dachte an den Rat unseres Spitalvorstehers und zuckte mit der Achsel. Nach einer langen

Pause wiederholte ich: «Aber der Preis?» «Sie sind sehr billig», entgegnete José, und in gleichmässigen Abständen ertönte es von jedem einzelnen: «Sehr billig, sehr billig.»

Das Handeln hatte also begonnen, und ich wollte ihnen die Freude daran nicht rauben. «Wieviel?» fragte ich weiter und erhielt die Antwort: «Wenig.» — «Sag mir den Preis.» — «Sie haben keine Fehler.» — Auf diese Weise ging es lange hin und her. Nur nicht ungestüm und hastig werden, auch ich konnte warten. Aufs neue nahm ich eine Vase in die Hand und studierte an meiner nächsten Entgegnung herum. Ich betrachtete die hübschen Blumen und die kleinen Vögel des Ornaments und fand kein Fehl in Form und Farbe. Aber ich musste etwas antworten, wollte ich mich nicht geschlagen geben. So sagte ich lachend: «Aber es fehlt hier ein Krokodil!»

José blickte mich fassungslos an. Sein linkes Auge begann zu zwinkern, eine Eigentümlichkeit, die ich später noch einige Male an ihm bemerken sollte. Er blieb eine Weile stumm, dann fragte er mit ungläubigem Staunen: «Der Señor sagt, es fehle ihm ein Krokodil?» «El Jacaré», wiederholte ich, die indianische Bezeichnung gebrauchend. Nun hatten auch die übrigen Indios begriffen. Die Leute aus dem Pueblo blieben wie ihr Anführer eine Weile unbeweglich. Dann brach ein unerwartetes Gelächter los, das kaum enden wollte. Noch nie hatte ich Indianer laut lachen gehört, meine Bemerkung musste ihnen ein höchstes Vergnügen bereitet haben. Rasch wurden wir handelseinig, ich hatte kaum die Hälfte des Preises zu entrichten, den sie von meinem Chef gefordert hatten. Wir tranken miteinander Agavenschnaps, und ich musste das Versprechen abgeben, sie in ihrem Pueblo zu besuchen.

Meine Freundschaft mit José begann mit einem unerklärlichen Spass.

Ich schreibe heute eine Art Krankengeschichte nieder und muss alles weglassen, was ablenken könnte. Ein Reisebericht würde von den Schönheiten des einsamen Berglandes sprechen und von den Mühen, dorthin zu gelangen. Ich will auch nur andeuten, warum ich der Einladung Folge leistete. Schon lange hatten wir versucht, unsere Kenntnisse über die Insekten jener Sumpfgebiete zu erweitern. Nur ein enges Zusammenleben mit den Indios konnte uns auf die Spur der gefürchteten Krankheitserreger bringen. Mir war somit eine einzigartige Möglichkeit gegeben, der Wissenschaft zu dienen.

Natürlich wohnte ich im Haus von José und befreundete mich alsbald mit seiner kleinen Familie. Das ganze Pueblo bestand aus einer Anzahl Steinhäuser, die sich in dem langgezogenen Bergtal verstreuten. Mit der Zeit lernte ich die patriarchalische Gliederung dieses Stammes kennen, die sich seit der mixtekischen Zeit erhalten hat. Jedes der fünf Stammesgeschlechter unterhielt einen Brennofen, in welchem die Tonwaren gebrannt wurden. Als oberster Rat standen die Meister jeder Grossfamilie der Gemeinde vor, und sie bezeichneten aus ihrer Mitte den Talvorsteher. Allmählich fand ich Zugang zu den Talbewohnern und durfte oft beim Herstellen und Brennen der Töpfereien dabei sein. Mein eigentliches Arbeitsgebiet lag in den Sümpfen, wo zahlreiche Insekten ihre Brutstätte fanden. Ich muss noch erwähnen, dass aus dem Bergland zeitweise Seuchenwellen hervorbrachen, deren Beginn ich feststellen sollte. Die ursprüngliche Ansicht war, es handle sich um eine Abart des gelben Fiebers. Doch sprachen die erprobten Medikamente auf diese Krankheit nicht an.

Es war für meine Tätigkeit von grossem Vorteil, dass ich von der Bevölkerung aufs freundlichste empfangen wurde. Jener Spass mit dem Krokodil war meinem Besuch vorausgeeilt und hatte mein Kommen erst ermöglicht. Es ging eine Weile, bis ich bemerkte, dass ich überall «Jacaré» genannt wurde.

Nur die Familie meines Gastgebers sprach mich als Señor Doctor an, die übrigen Bewohner des Pueblos nahmen meinen Beruf in keiner Weise zur Kenntnis. Nach Überwindung der ersten Scheu war es für mich ein leichtes, Männer des Dorfes als

Begleiter nach den Sumpfgebieten zu finden. Sie anerboten sich auch als Ruderer und halfen mir willig beim Fang der Insekten.

Neben meiner Forschungstätigkeit wollte ich auch als Arzt wirken und hatte zu diesem Zweck eine grössere Anzahl Medikamente samt den notwendigen Instrumenten mitgebracht. Doch die Talbewohner verlangten meinen ärztlichen Beistand nicht in einem einzigen Fall. Die Kranken wurden von den Heilkundigen gepflegt, die Toten nach altem Brauch des Nachts in die Erde versenkt. Für mich wäre es von grossem Nutzen gewesen, einen am Sumpffieber Erkrankten untersuchen zu können, war ich doch schon in jenem Zeitpunkt überzeugt, dass es sich dabei um eine noch unerforschte Krankheit handeln müsse. Die von mir bereits damals gebrauchte Benennung ist heute allgemein gebräuchlich.

Zu den Talleuten sprach ich von meinen Erfolgen als Arzt, schliesslich sicherte ich sogar eine Belohnung zu, wenn es mir gestattet werde, meine medizinischen Kenntnisse anzuwenden. Alles war umsonst, und ich musste einsehen, dass ich in dieses Gebiet nicht einzudringen vermochte.

José, seine Frau und der zehnjährige Sohn gehörten zu meinen Vertrauten. Der Talvorsteher hatte mir seine Freundschaft geschenkt, und in den vielen Wochen meines Aufenthaltes im Pueblo schlossen wir uns einander immer mehr an. Es verging kein Tag, an dem wir nicht gemeinsam die Sümpfe durchstreiften und den mannigfachen Insektenarten nachspürten. Oft begleitete uns dabei der kleine Roberto. Ein wahrer Feuereifer hatte mich gepackt, glaubte ich doch, nahe am Ziel meiner Entdeckungen zu sein. Nach meinem Plan musste ich alle Kleintiere untersuchen, die als Krankheitsträger in Frage kamen. Da das «Sumpffieber», wie ich die neue Krankheit nannte, nur im Hochtal auftrat, musste ich ein Insekt finden, das in tiefergelegenen Gebieten nicht heimisch war. Art um Art wurde eingefangen, beschrieben und schliesslich ausgeschieden. Ein oder zwei Male war mir eine Libelle von kleiner Form und tiefblauer Farbtönung aufgefallen. Diese Gattung kannte ich nicht. Vergeblich dehnte ich meine

Jagdzüge immer weiter aus, das Vorkommen musste sehr selten sein. Ich brachte dies in den Zusammenhang mit dem fast völligen Verschwinden der Seuche im Verlauf der letzten Jahre.

José und seine Dorfgenossen hatten die kleine Libelle noch nie bemerkt. Mein Freund half mir beim Suchen, der wahre Grund für meinen Eifer blieb ihm natürlich verborgen.

An einem Morgen fiel mir auf, dass José wortkarg neben mir einherschritt. Seit geraumer Zeit schon hatte ich Lagepläne über die Sumpfgebiete angelegt und suchte die einzelnen Teile nach einer bestimmten Ordnung ab. Der Talvorsteher war sonst immer tatkräftig bei der Sache, nun aber führte er seine Arbeit teilnahmslos und abwesend aus. Der kleine Roberto, dessen munteres Geplauder uns sonst erheiterte, begleitete uns ausnahmsweise nicht. Mir war diese Stille irgendwie willkommen, da mich meine eigenen Gedanken stark beschäftigten. Der Aufenthalt im Bergland ging seinem Ende entgegen, und die mir gestellte Aufgabe hatte ich nicht gelöst. Bereits waren alle Ufergebiete meiner Karte als durchforscht eingezeichnet, die Libelle fand sich nirgends vor. Die entfernter liegenden Steilhänge boten dieser Insektenart keine Lebensstätte.

Unvermutet fühlte ich die Hand meines Begleiters auf den Schultern. «Mein Freund», sagte er, und es war das erste Mal, dass er mich nicht Señor nannte, «mein Sohn wurde von einer Schlange gebissen und liegt im Haus des Heilkundigen.» Ich blickte auf und bemerkte, dass sein braunes Gesicht wie mit grauer Asche überstrichen war, während er mit dem linken Auge heftig zuckte.

Am Lager des Kindes kam ich erst zur Besinnung, was vorgefallen war. Der kleine Roberto lag in todähnlicher Starre da, umgeben von den nächsten Verwandten. Das Unglück hatte sich bei Einbrechen der Dunkelheit ereignet, und seit mehr als fünfzehn Stunden kreiste das Gift im Blut. Man hatte den Kranken nach dem Haus des Heilkundigen gebracht, der einen weissen Stein auf die

Wunde band. Das Bein zeigte starke Anschwellungen, am ganzen Körper stellte ich schwere Vergiftungserscheinungen fest. Es war zu spät, jedes Mittel musste unwirksam bleiben. Schon erhob ich mich vom Lager und wollte wortlos hinausgehen. Da sah ich in das Antlitz des Vaters und las darin, wie viel Hoffnung er in mich setzte. Als Arzt konnte ich keine Hilfe mehr geben, aber als Freund wollte ich ihm wenigstens zeigen, dass ich alles versuchen werde, um das Leben des Sohnes zu erhalten.

Dass die Heilung schliesslich gelang, kann ich nicht dem Serum zuschreiben, auch nicht allen andern Anwendungen meinerseits. Solche Geschehnisse jenseits aller Vorstellungen der menschlichen Vernunft gehören zu den Wundern unseres Berufes.

Die Genesung des Kindes hatte die Zuneigung von José für mich noch weiter verstärkt. Seiner Findigkeit verdanke ich es, dass wir kurz vor meiner Abreise die Brutstätte der unbekannten Libelle fanden. In einem weitabliegenden Teich gelang es uns, einige Exemplare zu fangen. Ich befand mich am Ziel, und doch konnte ich meine Entdeckung nicht mehr auswerten, es verblieb mir dazu keine Zeit. Es war unmöglich, diese Libellenart nach tiefergelegenen Gebieten in lebendem Zustand zu bringen. Die mir gestellte Aufgabe blieb ungelöst, als Ergebnis brachte ich lediglich eine Vermutung zurück. Ich aber wollte Gewissheit, und diese konnte mir nur die Beobachtung eines am Sumpffieber Erkrankten geben. Irgendein Mensch musste der Libelle zum Opfer fallen, damit ich die Übertragung des Krankheitsstoffes eindeutig beweisen konnte. Der einzige Mensch im ganzen Bergland, der meine Nähe im Fall einer Krankheit dulden würde, war José, mein Freund. Während wir durch Masken geschützt sorgsam die Insekten von den Büschen ablasen, streiften sich unsere Arme unwillkürlich. Ich empfand von der Hand meines Gefährten einen leisen Druck, den ich unter meinen Gummihandschuhen deutlich wahrnahm.

In diesem Augenblick hatte ich über meinen Freund das Todesurteil gesprochen!

Während ich diesen Satz zu Papier bringe, bin ich mir bereits bewusst, dass ich einen viel zu starken Ausdruck gewählt habe. Ich bin jetzt überreizt, und solche Entgleisungen sind meinem derzeitigen Seelenzustand zuzuschreiben. Selbstverständlich werde ich meinen Bericht nochmals überarbeiten, schon um der klaren Darstellung willen. Was trieb mich eigentlich dazu, an José das Wagnis vorzunehmen? Ehrgeiz? — ich habe später doch ausdrücklich auf alle Ehrungen verzichtet. Reichtum? — was bedeutete in meinem Leben je das Geld! Menschenverachtung? — ich schätzte meinen Freund hoch ein. Heute sehe ich ganz klar: Ich wollte der Wissenschaft dienen und mutete José dieses Opfer aus innerstem Helferwillen zu. Das Diplom meines ersten Ehrendoktorates vermerkt in der Laudatio: «. . . im Dienste der Menschheit und der Wissenschaft.»

José trug die Trommel mit den gefangenen Libellen nach Hause. In gewohnter Weise half er mir die Insekten zuzubereiten, damit ich sie meiner Sammlung einverleiben konnte. Ich blieb wortkarg, da ich mir überlegte, auf welche Weise ich ihm den Plan vorlegen konnte. Ich musste ihm die Wahrheit sagen, dass er von mir ausersehen sei, sich von der gefürchteten Krankheit anstecken zu lassen. Zugleich aber wollte ich die Versicherung abgeben, dass keine Gefahr drohe, da ich ihm die heilenden Gegenmittel eingeben werde. Mein Gefährte nahm meine Erklärung ruhig, fast heiter auf. «Ich fürchte mich nicht», sagte er, «du bist doch mein Freund, und du kennst das heilige Gesetz des Hochtales: wer seinen Freund verrät, den tötet das Krokodil.»

Ich wandte mich ab, denn meine Wahrheit war eine Lüge. Alle meine Heilmittel mussten wirkungslos bleiben.

Erst zeigte sich an den Armen des Kranken nur einige rote Flecken. Ich sass am Lager von José, bereit, alles zu beobachten und jede Wahrnehmung aufzuzeichnen. Dieser Krankenbericht wurde später in den medizinischen Fachblättern der ganzen Welt abgedruckt und als Muster einer wissenschaftlichen Beobachtung bezeichnet. Ich beachtete die Ausbreitung der roten Stellen am

Körper des Kranken und mass in gleichmässigen Abständen das Fieber. Die Pupillen weiteten sich ausserordentlich stark, und ich bin stolz, dass ich dieses wichtigste Merkmal zur Bestimmung der Krankheit unverzüglich erkannt hatte. Schweiss trat aus den Poren, und die Glieder schwollen an.

Auf meinem Schreibpapier hatte ich eine übersichtliche Zeiteinteilung angebracht, und in die abgemessenen Räume schrieb ich den Verlauf des Sumpffiebers von der ersten Feststellung an bis zur Todesstarre. Ehe der Sterbende unter schwerster Atemnot aus dem Leben schied, stiess er mehrere Male das Wort «Jacaré, Jacaré» aus, wobei sich das linke Auge seltsam verkniff. Ich notierte die Zeit des Ablebens und beschrieb den Zustand des Toten auf das genaueste.

Wenn je die Aufopferung eines Menschen im Dienste einer höheren Sache gerechtfertigt war, dann sicherlich in diesem Fall. Meine Beobachtungen von Josés Krankheitsverlauf ermöglichten mir, in Verbindung mit weiteren Wissenschaftern, das Auffinden des Mittels gegen das Sumpffieber. Im Hochtal musste es zwar nie angewendet werden, da dort die Seuche nicht mehr auftrat. Die kleine Libellenart starb aus unbekannten Gründen aus.

In den Berggebieten Asiens jedoch konnten durch das neuentdeckte Mittel zahllose Menschen gerettet werden.

Der Ausdruck «Aufopferung eines Menschen» ist mir wieder gegen meinen Willen aus der Feder entglitten. Selbstverständlich werde ich solche Übertreibungen nachträglich ausmerzen. Mein Bericht soll so klar und zuverlässig sein wie die Krankheitsgeschichte von José.

Man halte mich nicht etwa für gefühllos und am Geschehen unbeteiligt. Ich unternahm alles, was ein Arzt nur tun konnte, dämpfte das Fieber, linderte die Atemnot und stärkte die Herztätigkeit. Als der Tod dennoch eintrat, verlor ich alle Selbstbeherrschung. Ich weinte, schrie, warf Gegenstände um mich und sank schliesslich völlig ermattet nieder. Es ist mir dies nur noch ein einziges Mal geschehen. Noch immer stehe ich unter der Nachwirkung des gestrigen Zusammenbruchs.

Der kleine Roberto befand sich um mich, seitdem sich sein Vater auf das Lager gelegt hatte. Ohne ein Wort zu sagen, schaute er mir zu, wie ich die Handreichungen am Kranken vornahm. Als ich nach dem heftigen Ausbruch erschöpft am Boden lag, kniete er neben mir und hielt mir beide Hände. Die Tränen rollten über sein Kindergesicht, und der gemeinsame Schmerz verband uns.

Nach wenigen Tagen reiste ich ab, und der Junge begleitete mich bis zum Ende des Tals, wo der Weg in die Tiefe führt. Er trug einen sorgsam verpackten Gegenstand unter dem Arm und übergab mir das Geschenk beim Abschied. Er wollte damit den Dank für die Pflege seines Vaters an mich abstatten. Vom Brennmeister wusste ich bereits, dass der Kleine etwas für mich hergestellt hatte und mit Trotzen und Flehen erreichte, dass das Erinnerungstück zu hartem Ton gebrannt wurde. Als ich die Hüllen löste, erblickte ich ein Krokodil, von ungeschickter Hand geformt.

Im ersten Schrecken wollte ich das plumpe Ding von mir werfen und am nächsten Felsen zerschmettern. Doch zögerte ich und begann zu überlegen. Das Kind hatte sicher ohne Arg ein Jacaré als Abschiedsgeschenk für mich gewählt, mein Übername bei den Talleuten musste ihm bekannt sein. Im Innersten wusste ich bereits, dass eine solche Handlung feige gewesen wäre. Ich fühlte mich aber stark und meiner Sache sicher. Es galt, das mir selbst gesteckte Ziel zu erreichen: ein Heilmittel gegen das Sumpffieber herauszufinden. Als ich glaubte, es entdeckt zu haben, wandte ich es zuerst an mir selbst an. Nein, Feigheit ist kein Zug meines Charakters. Die Ehrenurkunde stellt ausdrücklich fest: «Mit anerkennenswertem Mut übertrug er sich den Krankheitsstoff, die Wirkung des von ihm entwickelten Mittels war bisher an keinem Menschen erprobt worden ...»

Das Krokodil wurde zu meinem ständigen Begleiter, auch auf meinen Reisen im Dienst des Gesundheitsamtes. Es entstand eine merkwürdige Bindung zwischen uns, die ich anfänglich kaum bemerkte. Oft machte ich mir einen Spass daraus, die vielen Meldungen über erzielte Erfolge dem Tier vorzulegen. Berichte und Statistiken über ausgedehnte Bekämpfungen des Sumpffiebers bündelte ich zu einem Sockel und thronte das Reptil darauf.

Allmählich verspürte ich eine Unruhe, wenn sich das Krokodil nicht in meiner Umgebung befand. Auch begann ich, stumme Gespräche mit ihm zu führen. Ich glaubte schliesslich, dass das Jacaré eine Kraft ausstrahle und mein Wollen von einem fremden Willen durchkreuzt werde. Dies offenbarte sich mir besonders stark, als ich für den Preis des hohen Institutes vorgeschlagen wurde. Ich sagte schon, dass ich auf diese Ehrung verzichtete und auf die Verdienste unseres Spitalvorstehers hinwies. Er hatte in der Tat an der Entwicklung des Medikaments einen nicht unbedeutenden Anteil. Die Würde erhielten wir dann beide gemeinsam zugesprochen, und ich durfte mit meinem Vorgehen zufrieden sein. Triumphierend hielt ich dem Tontier die Urkunde entgegen. Da bemerkte ich etwas Unfassbares: Das Krokodil blickte mich unbeweglich an, das linke Auge aber war leicht zugekniffen.

Es musste eine Sinnestäuschung sein! Ich zwang mich zu äusserster Sammlung, blickte weg und überlegte mir, ob ich mich in wachem Zustand befände. Nach einer Zeit der Ruhe wollte ich mich überzeugen, dass ich das Opfer meiner nervösen Reizbarkeit geworden war. Ich betrachtete das Reptil genau, doch blieb das linke Auge halb geschlossen, und ich verliess eilig den Raum.

Die Erklärung fand ich in einer schlaflosen Nacht. Ich hatte dieses Merkmal einfach bisher nicht beachtet. Dem Kind war beim Formen des Tones ein kleiner Fehler unterlaufen. Das Beruhigungsmittel liess mich mit dieser Gewissheit einschlafen. Am nächsten Morgen glotzte mich das Untier wieder mit gleichmässigen Augen an.

Dies geschah in jener Zeit, da ich mich entschloss, die grosse Stiftung in Indien zu machen. Man ist im allgemeinen der Ansicht, dass wissenschaftliche Forscher für ihre Tätigkeit nur dürftig entschädigt werden. Aber die chemische Industrie bemächtigte sich meiner Entdeckung, und meine jährlichen Anteile betrugen ein Vielfaches des Amtsgehaltes. Der Besitz gab mir Sicherheit in der Welt der Dinge und bot die Möglichkeit, in die Welt des Schönen einzutreten. Ich genoss in vollen Zügen, doch nie konnte ich meinen Hunger stillen, nie meinen Durst löschen.

Was blieb mir schliesslich übrig als ein gutes Werk zu tun? Die Spitalstadt im indischen Seuchengebiet ist mein Werk, und ich setzte es gegen erheblichen Widerstand durch, dass weder mein Name noch mein Wirken damit in Zusammenhang gebracht wurden. Niemand weiss auch, warum in der grossen Eingangshalle ein Steinblock aus dem Hochtal steht. Der Name «José» ist darin eingemeisselt.

Noch immer schreibe ich meine eigene Krankheitsgeschichte nieder. Wahrscheinlich ersetze ich diesen Ausdruck mit «Lebensbeichte». Die endgültige Fassung meines Berichtes ist noch nicht festgelegt. Eines aber ist sicher, heute will ich mich von dem Unerklärlichen befreien. Glotzt nur, ihr starren Augen: du Untier wirst fortan keine Macht mehr über mich haben! Gewiss, wenn ich mich je auflehnte, warst du stärker. Die Risse an deinem Hinterleib zeugen noch von unseren Kämpfen. Aber ich fügte die Wunden wieder zusammen und pflegte dich. Ich floh in entfernte Länder und konnte ohne dich nicht sein. Du lebtest, und ich war tot. Heute nun habe ich Kraft, unendliche Kraft. Zum ersten Mal seit deiner Herrschaft wage ich es, alles beim richtigen Namen zu nennen, mehr noch: ich vertraue mich einem andern Menschen an. Man muss den Mut haben, zu seinen Taten zu stehen. Meine Vergangenheit ist mit dieser Niederschrift endgültig bewältigt. Das verkniffene Auge blickt mich tückisch an. Auf deinem verfluchten Leib hätte ich den Namen von José einritzen sollen und nicht auf die Ehrentafel im Spital. «Wer seinen Freund verrät. . .», du hast mich verraten! Ich weiss nun auch, warum ich stets eine Waffe mit mir führe. Nicht zum Schutz gegen Diebe, wie ich den Behörden mitteilte. Ich brauche die Waffe, um mich gegen dich zu wehren. Alle sechs Schüsse werde ich gegen dich abfeuern, alle gegen das gleiche Ziel, alle gegen dein linkes Auge. Ich werde dich Krokodil töten!

Man fand den Toten im Salon liegen. Mit beiden Händen hielt er die geladene Waffe, doch fehlte kein Schuss. Auf dem Schreibtisch lag ein Bündel Papiere, mit feinen Schriftzügen bedeckt. Der Arzt, an den der Brief gerichtet war, vermerkte in dem amtlichen Schein: «Tod durch Herzschlag.»

# Eine Mutter

Sie werden mich verbrennen! Das Volk von Vila Rica wird zusammenströmen, um einer Hinrichtung beizuwohnen, wie sie noch nie stattgefunden hat. Jeder bringt ein Stück Holz mit, damit die Flamme hochsteigen soll, wenn die arme Büsserin am Pfahl festgebunden ihre letzten qualvollen Augenblicke erdulden muss.

Wie an meinem Hochzeitstag beginnt der Zug beim Palast des königlichen Statthalters, und wie an jenem Freudentag werden alle Kirchen läuten. Aber es sind die Stimmen der Totenglocken, und das Ende ist ein Ersticken in Rauch und Lohe.

Man wird mir die Haare kurz schneiden, meine langen blonden Haare. Kein Geschmeide mehr ziert meinen Hals, im ungebleichten Hemd werde ich barfuss auf dem Strassenpflaster einhergehen. Mein einziger Schmuck wird ein Kreuz aus Holz sein. Ich gehe dann an der Menge vorbei, die mich verwünscht oder sich stumm abwendet. Aber ich werde aufrecht und gefasst einherschreiten, ohne zu weinen.

Meinen Fall beurteilt das heilige Gericht der Kirche, und der Bischof selbst leitet die Verhandlungen. So werde ich vor meinem eigenen Onkel stehen. Dreimal wird er mir die Frage stellen: «Hast du das Verbrechen mit verwirrten Sinnen begangen?» und dreimal werde ich antworten: «Nein!» Dann muss er den Stab über mir brechen und mich der weltlichen Macht übergeben. So werde ich vor dem Statthalter stehen. Dreimal wird mein Vater fragen: «Willst du die Gnade des Königs?» und jedesmal werde ich antworten: «Ich will sie nicht.» Dann muss er die Hinrichtung ohne jeden Verzug anordnen.

Gestern bestieg ich den Berghügel von Nossa Senhora de Madeira. Seit den Tagen meiner Kindheit habe ich diesen Ort nicht mehr gesehen, die alte Kapelle wird kaum mehr aufgesucht. Ich verhüllte mein Haupt mit einem Schleier, das einfache Kleid verbarg die Tochter des Herzogs. So begann ich den Weg hinaufzugehen. Der Pfad war steil und von Wurzelwerk versperrt. Ich suchte die Einsamkeit der Höhe und die Einfachheit des alten Gotteshauses. Es ging gegen Abend, da gewahrte ich ein seltsames Schauspiel: der obere Weg bis zur Kapelle war umsäumt von brennenden Bäumen. Die Zweige des Ipê standen im Schmuck ihrer gelben Blüten, und die untergehende Sonne zündete einen feurigen Schein. Ich entsann mich der Bibelstelle, da Moses einen Busch wahrnahm, und der Gottessucher sah, dass der Busch wie Feuer brannte und ward doch nicht verzehrt.

Wollte der ferne Gott auch zu mir sprechen in meiner Not? Ich zog die Schuhe aus und ging zwischen den brennenden Bäumen hindurch. Als ich auf der Höhe angelangt war, bluteten meine Füsse. Die Sonne war untergegangen, und die Kirche lag im Schatten, alt und verfallen. Ich dachte an die Begebenheit, die zur Stiftung des Gotteshauses geführt hatte. Bei der Eroberung des Landes befand sich auf der Höhe eine indianische Bergfeste. Die Bewohner setzten den Fremden einen unheimlichen Widerstand entgegen, der erst gebrochen wurde, als sämtliche Männer durch Musketenschüsse getötet waren. In ihrem Blutrausch beschlossen die Sieger, auch Frauen und Kinder niederzumetzeln. Auf der Höhe angelangt, blieben die Stürmenden gebannt stehen. Sie erblickten eine Madonna mit ihrem Kind, aus rohem Holz. Durch dieses Wunder wurde das Dorf der Indianer verschont, und fromme Eiferer bauten an derselben Stelle die erste Kirche des Tals. Die «hölzerne Madonna», wie ich sie als Kind gesehen hatte, war ein einfacher Baumstrunk. Die Natur schuf darin in seltsamem Spiel ein sanftes Gesicht. Ein Zweig konnte als Kind in den Armen der Mutter gedeutet werden. Alles war wohlgeformt, wenn auch auf eigene Art. Keines Menschen Hand hatte Anteil an dem Werk. In früheren Jahrzehnten suchten die Frauen der Stadt diesen Wallfahrtsort auf; sie erflehten Kindersegen oder baten um Schutz für ihre Familien.

Im dunklen Raum warf ich mich vor der Madonna nieder. Wie lange ich betete und haderte, weiss ich nicht. Als ich die tränenschweren Augen hob, hatte das Gnadenbild jeden menschlichen

Zug verloren. Vor mir ragte ein Stamm aus schwarzem Holz empor, es war ein drohender Mahnfinger, der mir zu gelten schien. Mit verhülltem Haupt kehrte ich in den Palast zurück.

Alle Kirchen läuteten den Sonntag von Ouro-Preto ein. Von meinem Balkonfenster aus kann ich die Stadt überblicken: den grossen Platz vor dem Gebäude des Statthalters, die Festung am erhöhten Ende, die einstöckigen Häuser im portugiesischen Stil und die emporsteigenden Strassen. Ich zähle die Gotteshäuser und weiss, dass kaum eine andere Stadt in ganz Brasilien so viele Kirchen besitzt. Italienische Bauleute sind seit geraumer Zeit hier, um weiterzubauen, neue Paläste, neue Kathedralen. Gold fliesst durch alle Adern. Jeder wird reich, und alle wollen dies zeigen. Sind wohl die frommen Stiftungen als Bussengeld gemeint? Keine Stadt im Land weiss das Leben so zu geniessen wie Ouro-Preto, das «Schwarze Gold». Zahlreich sind die Schenken, und die fremden Mädchen bieten sich allenthalben frech an. In den Bergwerken wird Tag und Nacht gearbeitet, die geduldigen Neger fördern gewaltige Mengen des gelben Metalles. Was tut es, wenn manchmal die Stollen zusammenbrechen? Der Preis für neue Sklaven ist im Goldwert eingerechnet. Selbst mein Vater hält ein volles Hundert in Arbeit, um den Reichtum zu mehren. «Vila Rica de Ouro-Preto» — es ist wirklich die «Reiche Stadt vom schwarzen Gold». Die Farbe des Goldstaubes gab einst der Stadt den Namen, und die Opfer der Schwarzen bestätigten ihn jeden Tag. Meine Vaterstadt besitzt ein goldenes Aussehen und eine dunkle Seele. Wäre ihr Name nicht richtiger: «Schwarze Stadt vom reichen Gold?»...

Meine Dienerin meldet mir, dass die Mulattin Luisa mich zu sprechen wünsche. Ich bin einem ihrer Kinder Patin und spiele mich gerne als Wohltäterin auf. Sie kommt in den Empfangsraum, gefolgt von ihrer Kinderschar. Vierzehn quicklebendige Geschöpfe, gesund und wohlgeformt, ziehen an mir vorbei. Da verlässt mich meine Selbstbeherrschung. «Hinaus», schreie ich, «hinaus, verdammtes Gesindel!» Und wie die erschrockene Mutter sich nicht rührt, greife ich nach meiner kleinen Peitsche.

Ich hatte sie in meinem Leben noch nie gebraucht. Diese Bewegung wird verstanden, und in wilder Flucht zerstiebt die Schar.

Noch zitternd vor Aufregung gehe ich zu meiner Schmucktruhe und raffe mit beiden Händen Goldstücke zusammen. Den vollen Korb schicke ich durch eine Dienerin zum Spital der Barmherzigen Schwestern. Alte und kranke Dirnen büssen dort für ihre Sünden.

An meinem Hochzeitstag trat ich als glücklichste Braut der Welt vor den Altar. Die Stadt trug ihren grossen Flaggenschmuck, und Salutschüsse der Festung verkündeten, dass die Tochter des Herzogs sich vermählen werde. Am frühen Morgen meldete sich mein guter Vater bei mir. Er war freudig erregt und trug eine gesiegelte Urkunde in der Hand. Durch Verfügung des Königs sollte mein Erstgeborener nach der Volljährigkeit Titel und Rang unseres stolzen Geschlechtes weiterführen können. «Ich danke dem König für seine Gnade und ich danke dir», sprach mein Vater, «dass du mir den Erben und Nachfolger schenken wirst. Alle unsere edlen Vorfahren werden dich und dein Kind beschützen.»

Ich küsste ihm die Hand. Dank war ich ihm in vielfacher Weise schuldig. Wie viel Überwindung musste es ihn gekostet haben, sein einziges Kind einem Mann ohne Familie anzuvertrauen! Aber ich liebte Manuel Francisco. Sein Beruf als Kirchenbauer adelte ihn höher als der Rang eines Fürsten. Er war so schüchtern und bescheiden, dass er mich kaum anzusehen wagte. Und doch war er edler als die Ritter und seine Arbeit sinnvoller als die Tätigkeit der Minenbesitzer.

Schliesslich wurden wir ein Paar, und der Bischof segnete den Bund des Manuel Francisco Lisboa mit der Fürstin Maria, Herzogin von Barbacena. Nach dem feierlichen Hochamt traten wir in die Seitenkapelle, um das Eheversprechen abzulegen. Während ich neben meinem jungen Gatten niederkniete, blickte ich zur Himmelskönigin empor, die als «Maria der frommen Geburt» der Kapelle den Namen gab. Der Künstler hatte das Bild in einfachster

Weise in die weisse Wand gezeichnet. Es war eine Frau in ärmlichem Gewand, die sich über eine Krippe beugte, in der ein kleines Kind nach der Mutter verlangte. Darunter standen die Worte aus dem Evangelium: «Und sie gebar ihren ersten Sohn und wickelte ihn in Windeln und legte ihn in eine Krippe, denn sie hatten sonst keinen Raum in der Herberge» . . .

Mir begannen die Buchstaben zu verschwimmen, und ich zitterte, als ich die Bedeutung dieser Bibelstelle richtig verstand. Mein Sohn wird in der Wiege eines Herzogs liegen und gehört einem fürstlichen Geschlechte an.

Die Orgel spielte, und alle Glocken läuteten, als wir an der jubelnden Menge vorbeischritten. Ich entschloss mich eiligst, mein mütterliches Erbteil unter die bedürftigen Frauen der Stadt verteilen zu lassen. Ich wollte gütig und barmherzig bleiben.

Ich werde das Schreckliche tun! Noch ist es nicht geschehen, aber niemand und nichts wird mich davon abhalten können. Es wird eine Sekunde sein, da ich vergessen muss, dass ich eine Christin, eine Tochter, eine Gattin . . . und eine Mutter bin. Oder ich muss mich an all das besonders stark erinnern, damit ich meinen Vorsatz ausführen kann. Das Schwerste wird nicht die Tat selber sein. Das Schwerste ist der Kampf um die Gewissheit, es tun zu müssen.

Seitdem der Gedanke zum ersten Mal von mir Besitz ergriffen hat, lebe ich nur mit diesem Kampf. Mein Gottesdienst ist die Frage nach der Berechtigung, mein Gebet geht um die Bestätigung meines Vorhabens. Den Gatten habe ich aus meiner Welt verbannt. Er wohnt nun in der unteren Stadt, mit seinen Plänen für neue Kirchen beschäftigt. Unser Sohn Antonio befindet sich bei ihm. Es ist gut so, dann muss er nicht ständig die steilen Strassen hinaufsteigen. Ohne ein Wort der Erwiderung hat mein Gatte das Gebot hingenommen, mich eine Zeitlang zu verlassen.

Nun ist dieses Zimmer im Palast zu meiner Klosterzelle geworden. Keinem Menschen darf ich anvertrauen, was ich vorhabe. Man würde es mit Gewalt verhindern. Selbst mein Beichtvater wäre nicht mehr an das Beichtgeheimnis gebunden. Heute früh habe ich mich auf die Knie geworfen vor dem grossen goldenen Kruzifix. Die aufgehende Sonne schien in das Zimmer und liess das Kreuz hell aufleuchten. Aber als die Strahlen höher stiegen, gewahrte ich an der Wand ein breites Schattenkreuz. So schwankt mein Gemüt zwischen Licht und Dunkel. Welch eine Hilfe wäre ein liebender Mensch. Mein Gatte ist der einzige, dem ich das Schreckliche sagen könnte. Ihm darf ich es jedoch am wenigsten anvertrauen.

Aber, ich werde es tun!

Wenn eine junge Frau fühlt, dass sie Mutter wird, dann ändert sich ihr Verhältnis zu allen lebenden Wesen. Sie wird ein Teil der grossen Natur, sie weiss sich eins mit jedem Baum, an dem die Früchte reifen. Alle Tage dankte ich dem Schöpfer für die Mutterschaft und hielt alle bösen Gedanken von mir fern. Mein Kind sollte nur Gutes und Edles auf dieser Welt kennen lernen.

Die Geburt war schwer; lange schwebten Mutter und Kind in Gefahr. Schliesslich konnte ich den kleinen Antonio an mich drücken. Er wird mein einziges Kind bleiben, und darum ist er mein köstlichstes Gut.

Bevor die starken Wehen begannen, betrachtete ich die goldverzierte Wiege unseres Geschlechts. Sie war bestimmt, den Enkel des Herzogs aufzunehmen, und unter der Krone befand sich das Wappen der Barbacena: das feurige Schwert des Erzengels Michael. Unsere Familie besitzt dieses Zeichen in Erinnerung an den Stammvater, der in den Kämpfen zwischen Christen und Mauren einen Heiden-König erschlug. Mein Sohn ist der letzte Erbe eines tapferen und ritterlichen Geschlechtes. Plötzlich aber, die Wehen setzten schon heftig ein, verwünschte ich Krone und Schwert. «Bring einen Tragkorb», befahl ich der Amme und verlangte nach dem Bastkörbchen, in welches die Neugeborenen der Negersklaven gelegt werden. Mein Kind soll gleich den Geringsten einzig von der Liebe der Mutter umgeben sein.

Die ganze Bevölkerung ist in einem Fiebertaumel. Neue und sehr ergiebige Minen wurden entdeckt. Seither fliesst das Gold noch reichlicher, und zu Tausenden werden Abenteurer angelockt. Auch mein Vater ist vom Gang der Ereignisse beflügelt. Er träumt davon, dass Vila Rica, heute schon Hauptstadt des Minengebietes, in naher Zukunft Landeshauptstadt werde. Er spricht von neuen Häusern und Strassen, aber auch von neuen Kirchen und Spitälern.

Ich hatte mich entschlossen, hinaufzusteigen zu jenen Bergen, wo nur wenig Bäume noch gedeihen und sich Wiesen voller Kräuter befinden. Den Weg kenne ich genau, der zum «Tal der Schmetterlinge» führt. Mein Ziel galt nicht der reinen Bergluft und auch nicht der herrlichen Sicht. Ich suchte eine Pflanzenart, die nur im Val das Borboletas gedeiht. Das Kräutersuchen hatte mich vor langer Zeit ein kundiger Pater gelehrt. Die steilen Bergwiesen zeigten an manchen Stellen scharfe Erdrisse und liessen den Grund durchschimmern. Überall, wo die Menschen ins Innere dringen, wo sich Stollen und Pfade befinden, rieselt das Blut der roten Erde heraus.

Das Herba do Diabo wächst nur an schattigen Orten. Wehe, wenn Mensch oder Tier etwas von diesem Teufelskraut geniessen sollten, der Tod wäre ihnen gewiss. Ich stülpte mir die Handschuhe über und pflückte eine Anzahl dieser sternförmigen weissen Blüten. Das giftige Gewächs verbarg ich in meinem Beutel und eilte wie gehetzt in die Stadt zurück. Hier bereitete sich ein Fest vor. Der Statthalter bat mich, ihm bei der Eröffnung beizustehen. In einer seltsamen Gier nach Leben und Fröhlichkeit sagte ich zu. Noch einmal wollte ich an der Seite des herzoglichen Vaters die Ehrerbietungen der Bevölkerung entgegennehmen. Der Saal leuchtete im Licht der Kerzen, und eine festliche Menge bereitete uns einen glanzvollen Empfang. Stolzen Schrittes betrat ich die Ehrenbühne, deren Wände mit kunstvollen Spiegeln aus Venedig bedeckt sind. Eine blonde Frau mit kostbarem Geschmeide schritt mir aus dem geschliffenen Glas entgegen. Wie wenig kennt man doch sein eigenes Spiegelbild! Ich betrachtete lange das

Gesicht, das aus weissem Marmor gehauen schien. «Es ist das Antlitz einer Mörderin», dachte ich und schloss die Augen.

Es begann damit, dass Antonio über starke Schmerzen am linken Fuss klagte. Er hatte eben sein vierzehntes Altersjahr erreicht und war ein grosser, kräftiger Bursche geworden. Im Aussehen glich er ganz seinem Vater, von ihm hatte er die braune Gesichtsfarbe, die dunklen Augen und die Kraushaare. In seinem Wesen jedoch entwickelte er sich immer mehr zu einem Barbacena. Er war wild und voller Tatendrang. Beinah jeden Tag verbrachte er mit dem Statthalter zusammen, der an seinem Enkel grossen Gefallen fand, mit ihm ausritt und ihm bereits die Anfänge des Fechtens beibrachte. Mein Sohn war bisher noch nie krank gewesen, er hatte die kerngesunde Natur seiner Vorfahren geerbt. Verletzungen, bei jugendlichen Kriegsspielen entstanden, verbarg er sorgfältig vor mir. Der Junge kannte keine Schwäche und kein Klagen.

Eines Tages trat er in mein Zimmer, und ich bemerkte, dass das Gehen ihm Mühe bereitete. Auf mein Fragen gestand er, dass er seine Schmerzen seit Tagen vor dem grossväterlichen Fechtmeister und den Spielgefährten verheimlichte. Ich untersuchte den Fuss, konnte aber keine Verletzung feststellen. So bereitete ich ein Bad aus Kräutern und hiess Antonio, sich einige Tage niederzulegen. Bald konnte er auch wieder umherspringen, und ich mass der Sache keine Bedeutung bei.

Das Grab meiner Mutter liegt mitten im einsamen Bergfriedhof von Sao Jorge. Früher haben die Angehörigen der vornehmen Familien ihre Toten hier bestattet. Seitdem nun Grabstellen um die neuen Kirchen entstanden sind, gerät der abseits liegende Friedhof in Verfall. Die niedere Mauer ist teilweise eingestürzt, und die umgebende Wildnis bedrängt die Gräber immer mehr. Zackige Farnkräuter und dunkle Moose überziehen die Stätten der Toten. Viele Kreuze sind umgestürzt, einzelne Tafeln geben noch undeutlich Namen und Jahreszahlen an. Wie die Körper der Verstorbenen zur Natur zurückgekehrt sind, haben auch die Pflanzen die Ruhestätten zu ihrem Reich gemacht. Einzig das Grab meiner Mutter wird gepflegt, und die roten Blumen heben sich seltsam ab von dem grünen Teppich der Umgebung.

Früher bin ich jeden Sonntag hinaufgewandert, um stille Andacht zu halten. Oft habe ich dabei das steinerne Bildnis angeblickt, um mir die Züge der Frühverstorbenen in Erinnerung zu rufen. Ein ländlicher Bildhauer hatte versucht, das Gesicht meiner Mutter in Marmor zu verewigen. Meine eigenen Vorstellungen reichen nicht bis zum Bild der Lebenden zurück, zu früh hatte ich sie verloren.

Noch einmal, ein letztes Mal, weilte ich an dem verlassenen Grab. Die Stille des abgeschiedenen Gottesackers umgab mich friedvoll. Oft betete ich hier und suchte Trost. Wie manches Mal habe ich mir dabei vorgenommen, meinem Kind all diese Mutterliebe zu geben, die ich entbehren musste. Die nahe Zukunft soll beweisen, ob ich zu höchster Mutterliebe fähig bin!

Zufälligerweise beobachtete ich Antonio beim Spielen und gewahrte, dass er seinen linken Fuss leicht nachzog. In den vergangenen Monaten hatte er nie über Schmerzen geklagt. Ich untersuchte den Fuss aufs neue und bemerkte nun an der grossen Zehe einen rötlichen Flecken. Der Arzt vermutete als Ursache den Stich eines Insektes. Er verordnete, die Hautstelle mit Kräutersaft auszuwaschen und gab uns wirksame Salben. Ich selbst pflegte die wunde Stelle jeden Tag, aber ich konnte keine Heilung feststellen. Schliesslich wandte ich mich um Rat an meinen Onkel, zu dessen Orden manch gelehrter Heilkünstler gehört. Der Bischof hörte mich schweigend an. «Ein Flecken von rostbrauner Farbe», wiederholte er langsam, und sein Gesicht wurde starr.

Nach wenigen Tagen kam Pater Pedro nach Vila Rica, von seinem Ordensmeister eiligst herbeigerufen. Der berühmte Arzt untersuchte Antonio lange. Auch sein Gesicht blieb unbeweglich, und er gab auf die ängstlichen Fragen der Mutter keine Antwort. Er erklärte schliesslich, zu keinem endgültigen Urteil gekommen zu sein. Als der Bischof am Abend in den Palast kam, sprachen die beiden lange miteinander. Wohl um mich zu schonen, wählten sie die Sprache der Kirche. Ich musste meine ganze Kraft zusammennehmen, um nicht vor meinem Sohn herauszuschreien. Aus dem lateinischen Gespräch hatte ich einen einzigen Ausdruck herausgehört, den ich verstand. Zwei Wörter trieben mir Todesfurcht ins Herz: «Lepra arabum — Arabiens Aussatz».

Nun ist der Tag festgelegt, an dem die Tat geschehen wird. Ich habe den Abend des grossen Kirchenfestes gewählt. Es ist seit altersher Brauch bei uns, dass nach der feierlichen Messe jeder zur Beichte geht und die ernste Feier im engsten Familienkreis fortgesetzt wird. So werden wir alle am Tisch versammelt sein, der Statthalter, mein Gatte und unser Kind. Mit eigener Hand werde ich die süsse Mangofrucht für unseren Sohn zubereiten. Der Saft des Teufelskrautes muss in genauem Verhältnis beigemengt werden. Das Süsse des gelben Fruchtfleisches darf durch den bitteren Geschmack nicht beeinträchtigt werden. Ohne jeden Argwohn soll mein Antonio die Lieblingsspeise zum Nachtisch essen. Wir werden im kleinen Salon versammelt sein. Silber und Damast und das Licht der Kerzen gehören zu dieser Todesmahlzeit. Ich werde eine übermenschliche Selbstbeherrschung benötigen, wenn unser Liebling die Mangofrucht zu essen beginnt. Auch darf ich nicht von der notwendigen Menge des Giftes abweichen. Mein Sohn soll keinen Augenblick leiden müssen. Wir werden noch eine kurze Zeit weitersprechen, dann wird Antonio plötzlich erbleichen und tot zusammensinken. Ich werde mein Verbrechen eingestehen, und der andere Teil meines Leidensweges wird beginnen. Nur der Tod kann meine Tat sühnen. Aber ich fürchte ihn nicht.

Hat es einen Sinn, dass ich in Gedanken noch einmal alle Kapitel der Leidensgeschichte durchgehe, angefangen mit der Erkenntnis, welches grässliche Geschick Antonio beschieden sei bis zum heutigen Tag? Als ich meinen Onkel genauer über Wesen und Verlauf der Krankheit befragte, versuchte er, mich zu beschwichtigen. Der

Befund sei keinesfalls schon eindeutig. Es bestünden gewisse Anzeichen dafür, aber auch gewichtige Merkmale, dass es sich um eine hartnäckige, aber ungefährliche Fusserkrankung handle.

Ich erinnere mich noch deutlich an die folgende Zeit mit Stunden voll Hoffnung und Tagen der Verzweiflung. Dieses ewige Auf und Ab, da jedes kleinste Merkmal als Wendung des heimlich Befürchteten in günstigem Sinne gedeutet wird, hielt uns ständig in Bann. Grossvater und Vater nahmen den endgültigen Bescheid, dass unser Sohn an der unheilbaren Lepra erkrankt sei, mit einer an Fatalismus grenzenden Ruhe hin. Beide hatten schon längst auf ihre ehrgeizigen Pläne verzichtet. Ich aber wehrte mich gegen das Schicksal mit aller Macht, zuerst gegen die Erkenntnis der Krankheit und schliesslich gegen die Unmöglichkeit einer Heilung. Ich liess Arzt um Arzt kommen, besuchte mit Antonio ungezählte Heilquellen und wandte mich auch an alle nur möglichen Wunderdoktoren. Alles war vergeblich, und der unerbittliche Zerfall begann sich an unserem lieben Kind zu zeigen. Welche Summen an Geld stiftete ich für die Elenden, wieviele Tage verbrachte ich betend in den Kirchen. Wenn Gott und alle Heiligen nicht halfen, warum sollten nicht die dämonischen Götter des Landes mir beistehen können? Ich fand Zugang zu den dunklen Kulten der Indios, ich opferte und ich hoffte. Aber auch diese Verirrungen einer armen Mutter hielten die Krankheit nicht zurück.

Eines Tages wusste ich es klar, und seither hat nur noch diese Erkenntnis mich beherrscht: der Aussatz hat Antonio ergriffen, und er wird ihn zerfressen, langsam und unerbittlich. Die Zerstörung begann an einer Zehe, dann wird der eine Fuss befallen, dann der andere, die Finger werden abfaulen, dann die eine Hand, dann die andere, dann die Arme . . .Ich kann nicht mehr weiterdenken. Diesem grauenhaften Zerstörungswerk, das ein Gott zulässt, werde ich Einhalt gebieten, ich, die Mutter, die dem Kind das Leben geschenkt hat.

Heute habe ich Antonio aufgesucht. Er soll die kurze Zeit, die ihm noch beschieden ist, in der Nähe seines Vaters verbringen. Ich fand ihn in der Werkstatt mit dem Formen von Ton beschäftigt. Seitdem es ihm seine Krankheit verwehrt, auf hohe Gerüste zu steigen, verweilt er sich häufig bei diesem kindlichen Spiel. Er hatte beide Krücken zur Seite gelegt, seine Wangen waren vor Eifer gerötet. Wie er so dasass, ein hübscher und kräftiger Junge, wollte in mir ein Schluchzen aufsteigen. Antonio zeigte mir seine Arbeiten, die er später in Stein nachformen möchte. Ich eilte hinaus, um nicht daran denken zu müssen, dass dies nicht mehr geschehen kann. Ich fand meinen Gatten im oberen Wohnraum und bat ihn, am Tag des Kirchenfestes in den Palast zu kommen. Es wird die letzte gemeinsame Mahlzeit unserer kleinen Familie sein . . . Als ich in die Werkstatt zurückkehrte, war mein Sohn damit beschäftigt, unter den verschiedenen Steinen das geeignetste Material für sein geplantes Werk auszuwählen. Er stützte sich beim Gehen auf die Mulattin, und Luisa lauschte mit Anteilnahme seinen Worten. Ihre Kinder hatten sich im Halbkreis um die beiden geschart. «Aus diesem Block werde ich eine Madonna mit Kind meisseln», sprach er. Da erblickte mich die Mulattin. Trotz meiner Abwehr küsste sie mir kniend die Hand. Mit dieser Hand hatte ich gegen sie die Sklavenpeitsche geschwungen!

Die ganze Nacht konnte ich kein Auge schliessen. Morgen werde ich die Tat vollbringen und meinen Sohn von seinem Leiden erlösen. Ein jahrelanges Zerstörungswerk muss ich in einem einzigen Augenblick erfüllen. Immer wieder erschien das Bild meines Sohnes am Arm der Mulattin, inmitten ihrer Kinder. Ein glücklicher Mensch voller Pläne und nicht mehr der bedauernswerte Krüppel. Wie ich doch dieses Wort hasse und alle Menschen, die es auszusprechen wagen. Ich erinnere mich noch genau an jenen Tag in der Kirche, als ich es zum ersten Mal hörte. Die beiden Beterinnen zu meiner Seite betrachteten Antonio mit neugierigen Augen. Aus dem geflüsterten Gespräch hörte ich dies eine verhasste Wort heraus. Da kam mir unvermittelt der Gedanke, wenn doch Antonio sterben könnte!

Es ist unmenschlich, Vollstreckerin der grausamen Natur zu sein. Ich bin wieder voller Zweifel wie zu Beginn meines Kampfs. Die ganze Zeit wartete ich auf einen Hinweis des Schicksals. Ich wartete umsonst, kein Zeichen wies mir den Weg aus meiner Verzweiflung.

Am Tag des Kirchenfests begaben wir uns gemeinsam zum Gottesdienst. Die Worte des Priesters drangen nicht in mein Bewusstsein, mein Vorhaben beschäftigte alle meine Gedanken. Aus weiter Ferne vernahm ich die Töne der Orgel. Als Tränen über mein Gesicht rannen, fühlte ich den ernsten Blick meines Sohnes. Ich fasste mich schnell. Arm in Arm kehrten wir nach Hause zurück, behutsam, wie es die Krankheit vorschrieb. Immer mehr verzögerte ich den Schritt. Mein Vater und mein Gatte bildeten mit uns eine Reihe. Vier ernste Menschen, die ohne zu sprechen wie an einem Leichengeleite einhergingen. Es war eine unausgesprochene Trauer, die auf uns lastete.

Der Tisch war festlich geschmückt und von zahlreichen Kerzen beleuchtet. Ich bediente eigenhändig die Tafelrunde, die noch einmal die Liebsten um mich vereinte. Auf dem hochgelegenen Sims hatte ich eine kleine Schale aus Porzellan beiseite gestellt; darin befand sich der Nachtisch für Antonio, die feingehackte Mangofrucht. Kein Zittern verriet mich bei meiner Tätigkeit. Die Mahlzeit dauerte unendlich lange und war doch viel zu kurz. Antonio rückte manchmal unruhig hin und her. Sein lebhafter Geist vertrug die lastende Stille nicht. Schon einige Male hatte er mit einer kräftigen Bewegung des Kopfes eine Stechfliege verscheucht. Plötzlich packte er den Störefried und wollte ihn nach Knabenart mit den Fingern zerdrücken. «Lass die Fliege los», befahl ich hastig und mit stockendem Atem. Seit meiner Kindheit konnte ich nie zusehen, wie auch nur das kleinste Lebewesen vernichtet wurde. «Lass sie los», schrie ich plötzlich mit schriller Stimme, als der Junge nicht sogleich gehorchte. Erschrocken zuckte Antonio zusammen, das Insekt entschlüpfte ihm und flog gegen den Marmorsims. So war es gerettet, und meine vielgerühmte Barmherzigkeit hatte wieder einmal gesiegt.

Das Gespräch war aufs neue verstummt. Die beiden Männer blickten mich erstaunt an, Antonio schien verstört. «Sieh, Mutter», sagte er unvermittelt und wies auf die Stechfliege hin, die auf dem Tisch einige seltsame Bewegungen ausführte und dann erstarrt liegen blieb, «die Fliege ist tot!»

Wie ein Schlag durchfuhr mich die Erkenntnis: dies ist das Zeichen!

Was sich im einzelnen ereignete, wird mir immer verborgen bleiben. Ich weiss nur noch, dass ich aufsprang und die Porzellanschale mit Wucht zur Erde schleuderte. Auch das vergiftete Insekt warf ich weit von mir. Dann umfasste ich meinen Sohn und drückte ihn an mich. Ich werde ihn beschützen und pflegen, ich werde die Krankheit durch mütterliche Kraft mit meinem Kinde tragen. Auch wenn ihm Füsse und Arme zerfressen werden, ich fürchte mich nicht mehr.

Das Lächeln Antonios trocknete schnell meine Tränen. Mit ungewohnter Heiterkeit setzten wir die Mahlzeit fort. Keiner der Anwesenden schien sich über mein seltsames Gebaren zu wundern. Mein Sohn hat mich auch später nie gefragt, warum er auf seinen Nachtisch verzichten musste. Das Gespräch handelte von einem Gegenstand, den wir bisher ängstlich vermieden hatten: wir begannen uns mit den Zukunftsplänen von Antonio zu befassen. Als ich gegen Morgen mein Zimmer aufsuchte, war ich unaussprechlich glücklich.

Dies war ein Tag der Freude, wir haben die Volljährigkeit unseres Sohnes gefeiert. Wie an unserem Hochzeitsfest begaben wir uns in die Kapelle der «Maria der frommen Geburt», wo unsere Familie eine Stunde der inneren Andacht verbrachte. Wiederum las ich die Worte der Bibel: «. . . denn sie hatten keinen Raum in der Herberge . . .» Unser Kind hat einen Platz gefunden, im Herzen von uns allen. Ich half Antonio beim Aufstehen, Vater und Grossvater stützten ihn beim Gehen. Ich sah sein Gebrechen nicht mehr, ich bemerkte nur noch das Leuchten in seinem Gesicht. Er führte uns zu seiner Werkstatt, wo er arbeitete und wohin er mir seit langer Zeit keinen Zutritt mehr erlaubt hatte.

«Mutter», sagte er und ergriff meine Hand, «ich habe eine Madonna mit dem Jesuskind gemeisselt, sie besitzt dein Antlitz und deine Gestalt.» Wir traten in den Raum, wo unser Sohn seine selbstgewählte Aufgabe fand. Überall lagen Steinblöcke und angefangene Arbeiten umher. Antonio trat vor ein verhülltes Monument und zog das Tuch weg. Ich sah eine junge Mutter sich liebevoll über ihr Kindlein beugen, und ich erkannte sogleich, dass ein begnadeter Künstler ein Meisterwerk in den Marmor gebannt hatte.

## *Ein Nachwort*

Antonio Francisco Lisboa wurde 1738 in Ouro-Preto geboren. Der Aussatz war sein menschliches Schicksal; er verlor Füsse und Unterschenkel und konnte sich nur noch auf seinen Knien fortbewegen. Die Lepra zerstörte auch seine Hände, so dass er sich schliesslich Hammer und Meissel an die Armstrünke befestigen lassen musste, um weiter arbeiten zu können. Er starb 1814 erblindet und gelähmt. Das Volk nannte ihn mit einer Mischung von Bewunderung und Liebe Aleijadinho, das heisst Krüppelchen, und unter diesem Namen lebte er weiter in den Herzen der Brasilianer.

Antonio Lisboa wurde zum grössten Bildhauer von Südamerika. Zahlreiche Werke mit Gestalten aus der Bibel verkünden seinen Ruhm. Die Bildhauerarbeiten des Kranken strahlen eine ungewöhnliche Kraft aus.

Ich besuchte Ouro-Preto, eine Museumsstadt, die von der Erinnerung zehrt. Die Grabstätte des grossen Künstlers befindet sich in der Pfarrkirche Nossa Senhora da Conceçao d'Antonio Dias. Es ist eine prächtige Kathedrale, erbaut von Aleijadinhos Vater, Manuel Francisco Lisboa. Noch stehen ringsum die

Häuser im altportugiesischen Stil, noch künden die prächtigen Kirchen vom früheren Reichtum der Vila Rica. Hier träumte ich lange, und ein Stein der Grabkirche erzählte mir diese Geschiche aus dem Leben des Krüppelchens, Wort für Wort.

# Das Mädchen des Jahres

Alles schien sich aufs beste zu entwickeln, und nach den Jahren der Demütigung konnte ich hoffnungsvoll der Zukunft entgegensehen. Ich hatte es mir viel leichter vorgestellt, in dem grossen Land Fuss zu fassen, doch die so ganz andere «Mentalidade» Brasiliens liess mich lange zweifeln, ob ich mit der überstürzten Abreise aus meinem Vaterland nicht einen schweren Fehler begangen hatte. Fast eine Flucht war es ja gewesen, und das Gefühl des Verstossen-Seins erweckte in mir den Wunsch, alle Brücken für immer abzubrechen. Die Vergangenheit war erledigt, mein Leben sollte ausschliesslich dem Neuen gewidmet sein.

Doch ich befand mich im leeren Raum, die Versuche, mich ohne Sprachkenntnisse einzuleben, scheiterten kläglich. Vom Abgleiten auf die unterste Stufe der Gesellschaft, von meinen Arbeitsbedingungen und Wohnverhältnissen will ich lieber gar nicht sprechen. Was mich so bedrückte, war das Gefühl meiner Verlassenheit. Mit den ehemaligen Landsleuten konnte ich keine Verbindung aufnehmen, und zu den Menschen des neuen Landes fand ich kein Verhältnis. Das freundliche Lächeln schien mir als neue Form der Abweisung, der landesübliche «Abraço» zeigte mir nur noch deutlicher, wie fremd mir alles blieb. Dann war es mir endlich geglückt, eine halbswegs anständige Stelle zu bekommen, und der Konzern erhielt einen Werbeangestellten mehr, der darauf wartete, die Möglichkeiten zu nützen, koste es, was es wolle.

Mein Aufstieg in dem chemischen Unternehmen war ein zäher Kampf gegen die tausend Widerstände, die dem Landesfremden begegnen, wenn er beginnt, emporzustreben. Doch ich brachte gute Voraussetzungen mit, denn ich hatte in meiner Heimat eine angesehene Stellung als Werbeleiter bekleidet. Bald wurde ich auch zu den Beratungen zugezogen, die Ideen und Entwürfe des Alemao fanden bei den Vorgesetzten gute Aufnahme. Das Vertrauen stärkte mein verloren gegangenes Selbstbewusstsein, der höhere Lohn ermöglichte mir, auch jene Lebensbedürfnisse zu befriedigen, die lange zu kurz gekommen waren. Ich kleidete mich wieder anständig, übersiedelte in eine bequeme Wohnung und war in der Lage, Bücher zu kaufen, Dinge, die ich jahrelang entbehren musste. Auch fand ich nun Kontakt mit Menschen und schloss mich dem Kreis meiner Mitarbeiter an, nach einer entbehrungsreichen Zeit hatte ich allen Grund, wieder an meinen guten Stern zu glauben.

Der Wettbewerb wurde zum grössten Erfolg, den das Land je gesehen hatte. Bis in die entlegensten Gebiete liessen sich die Menschen von der Werbe-Idee erfassen, und in ungewohnter Zahl begannen die Zuschriften einzulaufen. Unsere Abteilung musste beinahe Tag und Nacht arbeiten, doch ich war glücklich wie seit langem nicht mehr, schliesslich ging es um die Verwirklichung eines Planes, den ich der Geschäfsleitung vorgeschlagen hatte.

Es galt, für einen neuen Geschäftszweig zu werben, den unser Unternehmen kürzlich aufgenommen hatte. Neben den chemischen und pharmazeutischen Produkten sollten künftig auch Artikel für die Schönheitspflege hergestellt werden. In zahlreichen Geschäften wurden die bisherigen Erzeugnisse bereits verkauft, und unsere Gesellschaft fasste den Entschluss, den jüngsten Produktionszweig mit einem unerhörten Aufwand an Werbung einzuführen. Doch die Pläne der Fachleute fanden keine Gnade, da sie zu wenig zugkräftig schienen. Schliesslich bot man selbst den untersten Mitarbeitern des Werbestabes die Möglichkeit, an der Gestaltung mitzuarbeiten. Mein Vorschlag lautete: «Das Mädchen des Jahres» und fand die einhellige Zustimmung der Direktion.

Mein Plan war ganz einfach. Jede Gemeinschaft in Berufs- und Gesellschaftskreisen wurde aufgerufen, eine Kandidatin vorzuschlagen. Es genügte, wenn fünf Unterschriften bezeugten, dass hier eine Wahl stattgefunden hatte. Angestellte sollten unter ihren Mitarbeiterinnen wählen, Kundinnen unter dem Ladenpersonal. Der Aufruf richtete sich an alle. «Wer wird das Mädchen des Jahres?» diese Frage wurde bald zum beliebtesten Gesprächsstoff. Es war Bedingung, dass eine Eigenschaft genannt wurde, die in erster Linie zu der betreffenden Wahl geführt hatte. In den Wettbewerbsbestimmungen liess ich einige Stichworte angeben: «Freundliches Wesen» — «Aufmerksame Bedienung» — «Fröhlichkeit» — «Dienstbereitschaft» «Gutes Aussehen». Selbstverständlich konnten auch andere Merkmale angegeben werden.

Von den eingesandten Photos waren drei Mädchen durch die Geschäftsleitung auszusuchen. Durch eine grossangelegte Schlussabstimmung sollte dann die Siegerin aus diesem Wettbewerb hervorgehen.

Ich bin mir heute noch nicht klar, warum ich meine Stimme für Margarida abgab. In grossen Stössen lagerten Photos von Mädchen aus allen Gebieten umher, Gesichter verschiedenster Art lächelten uns entgegen. Ausser dem Direktor und dessen Stellvertreter war ich ausersehen, die Wahl der drei Mädchen vorzunehmen, welche in die Schlussabstimmung kommen sollten.

Meine beiden Vorgesetzten hatten ihren Entscheid rasch getroffen: es waren zwei Töchter aus bester Familie, Medizinstudentin die eine, Kind eines Senators die andere. Beide besassen sehr hübsche Gesichtszüge; Klugheit und Weltgewandtheit konnte man aus ihren Gesichtern lesen. Vom Standpunkt unserer Werbung her war diese Auswahl vortrefflich, die Entscheidung zwischen den beiden würde schwer fallen und viel zu reden geben. Im Grund meines Herzens jedoch missfielen mir diese Erfolgreichen und Schönen, diese Töchter reicher Eltern und behüteter Stände.

Mir war das Photo eines Mädchens indianischer Herkunft aufgefallen, einer Verkäuferin aus einem entlegenen Weiler im Innern des Landes, die Margarida hiess. Das Gesicht war nicht eigentlich schön zu nennen, der Mund zeigte eine leise Wehmut an, die Augen strahlten aus dunklen Tiefen. Was mich zudem ansprach, war die Begründung ihrer Wahl seitens der Ladenkundschaft. Da war kein Wort von Freundlichkeit, Dienstbereitschaft und den zahlreichen Eigenschaften, die sonst genannt wurden. Eine des Schreibens ungewohnte Hand hatte vermerkt: «weil sie hinkt».

Die Zustimmung meiner Vorgesetzten zu erhalten, war nicht ganz einfach. Sie zählten mir vielfache Gründe auf, die gegen Margarida sprachen. Das Gesicht wirke zudem allzu farblos, beinahe unschön. Ein durchschlagender Erfolg sei nur zu erreichen, wenn ein gleichwertiges Dreigestirn von schönen Mädchen zur Schlussabstimmung gebracht werde.

Ich aber beharrte auf meinem Standpunkt. Je mehr sie auf mich einsprachen, desto strahlender blickten mich die Augen von Margarida an. Mit Gegengründen war ich nicht verlegen, ich betonte vor allem die Notwendigkeit, auch ein Mädchen von einfacher Herkunft als Sinnbild der vielen Töchter, die unbekannt ihre Pflicht erfüllten, zur Wahl vorzuschlagen. Schliesslich versprach ich, nach dem kleinen Ort ihrer Herkunft zu fahren und eine rührselige Geschichte über die Verkäuferin zusammenzutragen. Ich würde dadurch Anteilnahme und Mitgefühl der Leute herausfordern. Wie hätte ich damals ahnen können, dass wegen Margarida eines Tages viele Tränen fliessen würden.

Es war eine mühselige und zeitraubende Angelegenheit, bis zur Siedlung zu gelangen, wo Margarida wohnte. Ich musste mehrere Tage im Bus fahren, mehrmals umsteigen und Verbindungen abwarten. Die ungewohnte Fahrt während Stunden ermüdete mich stark, doch konnte ich auch in den Nächten, da wir durch weltverlorene Gegenden rasten, kaum Schlaf finden. Eine starke Erregung hielt mich wach, obgleich die Photographie mir wahrhaftig keine Schönheit versprach. Selbst der Name der Ortschaft O Deserto liess keine Erwartungen auf einen angenehmen Aufenthalt aufkommen. Ich war enttäuscht, ehe ich ankam und verwünschte meine Idee mit diesem Mädchen und seiner Geschichte. Falls ich den Leuten etwas erzählen wollte, half mir meine Phantasie sicher besser als diese triste Wirklichkeit, die mich hier erwartete. Der Bus fuhr ununterbrochen dem entlegenen Orte entgegen, der rote Staub setzte sich überall fest, und krampfhaft versuchte ich, endlich einzuschlafen.

O Deserto ist eine dieser Strassensiedlungen, die durch die neuentstandenen Verbindungswege in das Innere des Landes geschaffen wurden. Wie ein Magnet wirkt eine solche Kreuzung von zwei Hauptstrassen auf die weite Umgebung. Einige dürftige Interior-Hotels bieten Übernachtungsmöglichkeiten, aus den Bars ertönen Tag und Nacht die Musikautomaten, drei, vier Garagen sorgen für Treibstoff und Ersatzteile. Längs der beiden Strassen stehen Wellblechhütten, in denen Getränke und Landesprodukte verkauft werden, samt dem üblichen Krimskrams, der sich auf allen Stationen der Welt findet. Die Durchgangsverbindungen sind breit und bieten überall die Möglichkeit des seitlichen Abbiegens für Wagen aller Grössen. Bettler, Huren, Kinder bevölkern die nachts beleuchteten Plätze bis in den Morgen.

Die Ortschaft erwies sich als noch schlimmer, als ich befürchtet hatte. Nur mit Mühe konnte ich mir ein Zimmer erobern, die Nachfrage war gross und die Preise unverschämt. Mein Schlafraum besass statt des Fensters lediglich ein kleines Loch, die Bettlaken zeigten schmutzige Stellen. Infolge der herrschenden Trokkenheit war das Wasser abgestellt worden. Wiederum fand ich keine Ruhe: der Lärm auf den Strassen, die grosse Hitze und das Hämmern der Musikapparate verhinderten jeden Schlaf. Nach einigen Stunden des Hindösens entschloss ich mich, aufzustehen, um in einer Bar meinen Durst zu löschen und den Morgen abzuwarten. Vielleicht ergab sich in einem Gespräch die Möglichkeit, mich über Leben und Familie der Verkäuferin zu erkundigen.

Jedermann kannte natürlich Margarida, die in einem «Laden für alles» arbeitete. Man erzählte mir, dass sich die Familie vor einigen Jahren hier niedergelassen habe, Vater, Mutter und Tochter. Es waren Leute, die man überall gern hatte.Ich begann recht ärgerlich zu werden. Es fehlte aber auch alles für eine spannende Geschichte. Keine zerfallene Hütte, keine hungrige Kinderschar konnte als Thema dienen, nicht einmal der Tod der Mutter und die Aufopferung der Tochter war zu verzeichnen. Schliesslich fragte ich nach dem Gebrechen des Mädchens. Auch dieses erschien kaum erwähnenswert. Die junge Verkäuferin zog beim Gehen ganz leicht den linken Fuss nach. Nichts von Verkrüppelung oder schwerer Behinderung, um das Mitleid der Leser meiner künftigen Geschichte zu erregen. Man beschrieb mir Gesicht und Gestalt als völlig unauffällig.

Das Bild von Margarida und ihren Angehörigen wurde immer deutlicher. Der Vater arbeitete in einer Werkstatt, und von der Mutter war nichts weiteres bekannt, als dass sie den Haushalt besorgte. Es handelte sich um Menschen, die weder Interesse noch Anteilnahme erregen konnten. Ich musste mir eingestehen, dass es nicht lohnend war, sich weiter mit der Sache zu befassen. Enttäuscht und müde entschloss ich mich, anderntags mit dem ersten Bus zurückzufahren.

Dennoch verfasste ich eine Geschichte, die den uneingeschränkten Beifall meiner Vorgesetzten fand. Ein zartes und von der Natur behindertes Mädchen lebte im Innern des Landes ihr einfaches Leben. Sie war eine gute Tochter, eine stets hilfsbereite Freundin, eine tüchtige Verkäuferin, kurz das Sinnbild für die vielen Mädchen, die, vom Schicksal nicht begünstigt, ihre tägliche Pflicht erfüllen. Ich beschrieb ihr sympathisches Wesen, ihr freundliches Gesicht, ihre strahlenden Augen und legte mich ordentlich ins Zeug, damit ein Strom von Zuneigung auf Margarida zufliessen musste. Zum Schluss steigerte ich meinen Bericht zu einem Appell an alle Gefühle, die wir besitzen für ein schönes, tapferes und leidendes Menschenkind. Die verhaltene Art Margaridas stellte ich in Gegensatz zum Getriebe der Siedlung mit ihrem Motorengetöse, ihren vollen Bars und der lärmenden Musik.

Es war wirklich eine gute Geschichte, die das Lichtbild von Margarida in alle Gegenden des Landes begleitete, während den

Photos der beiden andern Töchter nur kurze Angaben über Familie, Schulbildung und Zukunftspläne beigegeben waren.

Ich konnte mit mir zufrieden sein, die Geschäftsleitung sparte nicht mit Lob, und alles schien sich in meinem Sinn zu entwickeln. Der Alemao hatte nach Jahren der Demütigung endlich wieder einmal den Verlauf der Handlung bestimmt.

In der folgenden Zeit erfasste mich eine eigentümliche Unruhe und Beklommenheit; von neuem war dem Werbefeldzug ein gewaltiger Erfolg beschieden. Überall wurden die Aussichten der drei Mädchen besprochen, gespannt wartete die Bevölkerung auf den Ausgang der Wahl. Zu Tausenden liefen jeden Tag die Zuschriften ein, selbst in unserem Unternehmen sah man dem Entscheid mit fieberhaftem Interesse entgegen. Die Pakete mit den Stimmzetteln gelangten an ein aussenstehendes Unternehmen, welches über die notwendigen Zählapparate verfügte. Damit kein Missbrauch durch vorzeitige Bekanntgabe der Siegerin entstehen konnte, waren die Zettel mit Nummern versehen, deren Code nur den beiden Direktoren und mir bekannt war. Die Wahl des Staatspräsidenten hatte keine grössere Stimmbeteiligung aufzuweisen. Endlich kam der Bescheid, dass ich das Schlussergebnis der Treuhandfirma in Empfang nehmen könne. Ich erhielt das versiegelte Dokument aus der Hand des Geschäftsführers. Kaum war ich allein, erbrach ich den Umschlag mit gespannter Hast. Der erste Blick, den ich auf die drei Kolonnen warf, belehrte mich, dass die blonde Medizinstudentin den Wettbewerb gewonnen hatte.

Wäre Margarida meine Frau oder meine Geliebte gewesen, ich hätte nicht betroffener sein können. Ich hatte unbedingt an ihren Sieg geglaubt, mein ganzes Sinnen und Trachten der letzten Zeit war darauf gerichtet gewesen. Bis an die Grenzen des Erlaubten war ich als Werbefachmann gegangen, als ich für das Mädchen aus dem Interior die Geschichte verfasste. Der Erfolg von Margarida sollte auch mein persönlicher Triumph werden. Nun hatte die Studentin mit ihrem klassisch schönen Gesicht gesiegt. Die vom Schicksal Begünstigten, diese Klugen und Schönen hatten einmal mehr die Benachteiligten und Schwachen geschlagen. Verzweifelt begab ich mich in mein Büro, wo ich die Resultate noch einmal eingehend überprüfte. Von zahlreichen Plakaten blickten mir die Gesichter der drei Mädchen entgegen, aber die Bilder der beiden andern Töchter verblassten zusehends.

Die Bezeichnung des Code-Wortes war mir überlassen worden, da sich die Geschäftsleitung um solche Kleinigkeiten nicht kümmerte. Ohne zu zögern nahm ich das Blatt mit den Namen samt den zugehörigen Schlüsselworten aus dem Tresorfach heraus. Dann erstellte ich ein neues Verzeichnis, wobei ich die Nummern vertauschte, so dass die Chiffre, welche für Margaridas Namen stand, am meisten Stimmen auf sich vereinigte. Das erste Blatt verbrannte ich sorgfältig. Keinem Menschen konnte es je einfallen, das Resultat der Millionen Stimmen noch einmal nachzuzählen.

Die Verkündigung der Schlussergebnisse zog unser Unternehmen als festliches Ereignis auf. Im Konferenzsaal warteten die geladenen Gäste auf den Ausgang des Wettbwerbes, der im ganzen Land so gewaltiges Aufsehen erregt hatte. Neben den Spitzen der Behörden fand sich die gesamte Presse ein, und die Scheinwerfer der Fernsehgesellschaften beleuchteten das blumengeschmückte Podium mit grellem Licht. Unser Konzern war durch die Geschäftsleitung vertreten, zudem hatte man sämtliche Mitarbeiter der Werbeabteilung eingeladen. Eine spürbare Spannung lag über dem Saal, als unser Direktor in einer kurzen Ansprache Sinn und Bedeutung des Wettbewerbs erläuterte. Er bezeichnete meine Person als den Schöpfer der Idee und forderte mich am Schluss seiner Rede auf, das Ergebnis bekanntzugeben. Ich trat nach vorn, vom Beifall der Anwesenden überschüttet. Meine Aufgabe bestand darin, einige nüchterne Zahlen vorzulesen.

Ich nahm ein silbernes Messerchen und öffnete den wieder versiegelten Umschlag. Eine atemlose Stille herrschte im Saal, als ich das Blatt mit den Kennworten entfaltete und mit fester Stimme Margarida als Siegerin verkündete. Dann aber brach ein Beifall los, wie ich ihn nie erwartet hatte. Alles schien auf das Mädchen aus dem Landesinnern gesetzt zu haben. Die Leute erhoben sich, jubelten, schrien und klatschten, ein wahrer Taumel hatte die Anwesenden erfasst. Ich sah die Sekretärinnen unserer Abteilung weinen vor Freude. Jeder schien durch persönliche Anteilnahme dem Schicksal der kleinen Verkäuferin verbunden zu sein. In der allgemeinen Freude gingen die Schlussworte unseres Präsidenten unter, der in wohlgeformten Sätzen aussprach, dass als «Mädchen des Jahres» ein Menschenkind aus einfachsten Verhältnissen gewählt worden sei, das mit seinem lauteren Charakter die Zustimmung der Bevölkerung gefunden habe.

Mir wurde die Aufgabe überbunden, alle notwendigen Vorkehrungen für einen grossangelegten Empfang der Preisträgerin zu treffen. Als erstes sandte ich ein Telegramm an Margarida und teilte ihr das günstige Resultat mit, samt meinen persönlichen Glückwünschen. Ich bat auch um Bekanntgabe des Tages, wann sie beabsichtige, den hohen Geldbetrag, der ihr zustand, abzuholen. Bei dieser Gelegenheit sollten die vorgesehenen Feierlichkeiten stattfinden.

Bereits begannen sich zahlreiche Unternehmen für die Verkäuferin zu interessieren. Ihr Bild würde in den kommenden Wochen und Monaten immer wieder zu sehen sein; Anerkennung, Geld und Luxus würden ihr künftig zur Verfügung stehen wie nur den Töchtern der angesehensten Familien. Ich durfte mit meinem Werk wahrhaft zufrieden sein: nur mir hatte es das unbedeutende Geschöpf zu verdanken, dass es im Lichte des öffentlichen Interesses stand.

In einem weiteren Telegramm an Margarida bestimmte ich den Tag ihrer Ankunft und sandte ihr auch die notwendigen Flugkarten. Bald erhielt ich die Bestätigung der Preisgewinnerin, dass sie mit allem einverstanden sei und zu der festgelegten Zeit in der Stadt eintreffen werde. Vor den andern verschwieg ich dieses Datum; der offizielle Empfang sollte erst zwei Tage später stattfinden. Niemand durfte ausser mir bei der Ankunft des Mädchens zugegen sein, allein wollte ich Margarida am Flugplatz abholen. Ich wollte sie ohne Zeugen kennen lernen, wollte sie beobachten, um festzustellen, welche Wirkung die Erhebung aus dem Nichts auf sie ausübte.

Auch war ich entschlossen, Margarida mitzuteilen, welchen Beitrag ich persönlich geleistet hatte: die Auswahl ihres Bildes, die Werbung für ihren Namen, meine Bemühungen um ihren Erfolg. Nur etwas wollte ich ihr verheimlichen, im übrigen sollte sie mich als den Wegbereiter ihres Glückes kennen lernen.

Seit einer halben Stunde schon befand ich mich auf dem Flugplatz und wartete auf die Landung des zweimotorigen Flugzeuges. In aller Heimlichkeit hatte ich mich aus dem Geschäft entfernt, kein Blumenstrauss sollte mein Vorhaben verraten. Gemächlich überschritt ich die Absperrschranken, den Beamten war ich bereits bekannt. «Nur eine kleine Freundin abholen», murmelte ich und erwiderte ihr freundliches Grinsen. Mit gelangweilter Anteilnahme beobachtete ich die Ankunft einer Maschine, während ich von Zeit zu Zeit einen Blick auf die Armbanduhr warf. Ich suchte den Himmel ab nach einem kleinen Flugzeug, das von Westen her die Piste anfliegen würde. Es lag in meinem listigen Plan begründet, dass Margarida nicht eine einheimische Linie benützen sollte. Wer weiss, einer dieser verdammten Reporter wäre dann doch auf dem Platz herumgestanden und hätte mein Vorhaben durchkreuzt. Nun aber konnte ich beruhigt sein, kein Mensch befand sich auf dem seitlichen Flugfeld, wo dieser Kurs erwartet wurde. Alles war von mir aufs beste vorbereitet und würde auch erwartungsgemäss ablaufen.

Langsam rückten die Zeiger vorwärts, und ich überlegte in der Zwischenzeit die Dinge, die ich mit dem Mädchen besprechen wollte. Nur undeutlich nahm ich wahr, dass einer der Flugbeamten von der Abschrankung her mir zuzuwinken schien. Ich winkte zurück, da begann er etwas zu rufen. Weil ich nichts verstehen konnte, eilte er auf mich zu: «Kurs 171 ist überfällig, der

Abflugsort seit einer Stunde ohne jede Nachricht», meldete er mit stockendem Atem.

Den ganzen Nachmittag verbrachte ich im Funkturm des Flugplatzes. Nur spärlich, oft durch lange Zeitabstände unterbrochen, liefen die Nachrichten über die vermisste Maschine ein. Ich hatte mich neben den Funker gesetzt und ihn gebeten, mir alle Meldungen über Kurs 171 mitzuteilen. Das Warten war entsetzlich, dauernd tickten die Apparate, aber es wurde keine Mitteilung über das vermisste Flugzeug durchgegeben. Endlich erfuhren wir, dass der Pilot ohne Grundangabe und ohne Erlaubnis einzuholen die vorgeschriebene Route verlassen hatte. Er schien einer Wolkenwand ausgewichen zu sein und in einem grossen Bogen nach Südwesten abgedreht zu haben. Die Wettermeldungen für jenes Gebiet waren denkbar ungünstig, eine Regenperiode mit ihren tropischen Gewittern stand unmittelbar bevor. Auf der Karte suchten wir die Gegend ab, die vermutlich überflogen wurde. Es war eine weitausgedehnte Tiefebene, Baixada genannt, mit Buschwerk und niederem Dickicht bewachsen, beinahe ohne jede Besiedlung. Wir hofften nur, dass es dem Piloten gelingen möge, diesen gefährlichen Landesteil sicher zu überqueren. Eine Notlandung bedeutete für die Insassen fast unabwendbares Verderben.

Wieder tickte der Apparat, und wir erfuhren, dass es dem Piloten gelungen sei, Verbindung mit der Abflugstation aufzunehmen. Er meldete orkanartige Windstösse und schwere Sichtbehinderung. Dann verstrich wieder eine lange Zeit, die Verbindung des Flughafens mit der Maschine schien von neuem unterbrochen. Schliesslich gab der Fernschreiber bekannt, dass der Pilot infolge Motorendefekts gezwungen sei, eine Notlandung vorzunehmen.

Erst in den nächsten Tagen erhielten wir einige Klarheit über den Unglücksfall. Nach der Meldung begann die Luftwaffe mit einer ausgedehnten Suchaktion. Trotz schwerer Behinderung hatten die Militärpiloten das Flugzeugwrack schliesslich gefunden. Es war gelungen, im letzten Augenblick zwei Landungen auszuführen. Spätere Meldungen ergänzten, dass die kleine Grasfläche, wo die Notlandung stattgefunden hatte, durch die Tropenregen bereits unter Wasser stand und sich bei einem neuen Landungsversuch beinahe noch einmal eine Katastrophe ereignet hätte. Glücklicherweise konnte der Pilot von Kurs 171 geborgen werden, wenn auch in schwer verletztem Zustand, sechs weitere Gerettete waren mit leichteren Verletzungen davongekommen, zumindest mit Arm- oder Beinbrüchen und Brandwunden. Von den insgesamt zwölf Fluggästen und Besatzungsmitgliedern der kleinen Maschine hatten fünf das Leben eingebüsst, darunter die beiden weiblichen Passagiere.

Margarida war tot! Nur das zählte. Alle meine Erwartungen, alle heimlichen Träume endeten in dieser brutalen Wirklichkeit. Von den Plakaten meines Arbeitsraumes blickte mich ihr Gesicht an, und die ernsten Augen schienen einen solchen Ausgang vorausgesehen zu haben. Das unglückliche Geschöpf, aus seiner Dürftigkeit herausgerissen, musste mein launisches Spiel mit dem Verlust des Lebens bezahlen. Aufs neue hatte sich das Schicksal an einem dieser armseligen Menschen vergangen, stets wurden die Schwachen geschlagen, die Unschönen und Hinkenden. In hastiger Wut begann ich alle Bilder Margaridas von den Wänden zu zerren und in Stücke zu reissen. Die Papierfetzen mit dem zerstörten Gesicht betrachtete ich mit einer zornigen Befriedigung. Dann warf ich alles in den Papierkorb, einzig einen Bildrest, auf welchem mich zwei verlorene Augen anblickten, legte ich auf mein Pult. Erst jetzt wurde mir bewusst, dass die Signallampe ununterbrochen aufleuchtete. Ich verbarg den zerfransten Plakatstreifen unter einem Buch und begab mich in das Büro der Geschäftsleitung.

Geistesabwesend blickte mich der Direktor an. Dann sagte er: «Eine äusserst unangenehme Geschichte! Was ist zu tun?» Als ich schliesslich hilflos die Achseln zuckte, entgegnete er scharf: «Was gedenken Sie zu unternehmen? Auf keinen Fall darf die gute Wirkung des Wettbewerbes in das Gegenteil umschlagen. Handeln Sie ohne zu zögern.»

Er gab mir noch bekannt, dass die sterblichen Überreste von Margarida sich nun in unserer Stadt befänden. Die Behörden hatten bereits angefragt, ob unsere Gesellschaft für die Bestattung besorgt sei. Nach kurzer Beratung beschlossen wir, die notwendigen Massnahmen zu treffen. Die Beerdigung musste möglichst rasch und ohne jegliches Aufsehen in einem abgelegenen Friedhof durchgeführt werden. Ein kurzer Zeitungsbericht sollte die Bevölkerung von dem traurigen Ereignis in Kenntnis setzen. Wir unterliessen nicht, zu melden, dass die doppelte Summe des Wettbewerbspreises an die Eltern der Verunglückten ausbezahlt würde, ein gleich hoher Betrag sollte dem städtischen Waisenhaus zukommen. «Ich bin nur froh», schloss der Direktor unsere Unterredung, «dass nicht die Tochter des Senators verunglückte! — Auch nicht die Medizinstudentin, das Kind einer einflussreichen Familie aus dem Süden», fügte er nachdenklich hinzu. Ich entfernte mich wortlos, um die Vorkehrungen für das Begräbnis anzuordnen.

In der nächsten Zeit beherrschte mich nur ein einziger Gedanke: den Ort des Unglücksfalles aufzusuchen. Margaridas Bestattung war für mich ein äusserst bedrückendes Ereignis gewesen. Ausser mir war lediglich ein Vertreter der Behörde zugegen, der gemäss strenger Vorschrift dafür zu sorgen hatte, dass der verschlossene Sarg nicht geöffnet wurde. Ich legte als letzten Gruss einen Strauss auf das Grab. Die roten Rosen waren ursprünglich als Willkomm gedacht.

Nach dem Begräbnis unternahm ich alle Anstrengungen, um möglichst rasch nach dem abgelegenen Teil des Landes zu gelangen, wo die Maschine notlanden musste. Ein Offizier der Luftwaffe erteilte mir die notwendigen Angaben. Ohne Urlaub von meiner Gesellschaft zu nehmen, begab ich mich nach der nächst besiedelten Ortschaft und wartete das Ende der kurzen Regenzeit ab. Ich befand mich wie auf einer Flucht, gehetzt und voller

Unruhe. Was ich suchte, was ich zu finden erwartete, blieb mir selber unklar.

Trotzdem es aufgehört hatte zu regnen, musste ich noch eine Zeitlang zuwarten. Die Wege in der Tiefebene lagen unter Wasser, das Eindringen in die Baixada war vorläufig nicht möglich. Endlich wurde mir gemeldet, der Wasserstand habe sich soweit gesenkt, dass ein behutsames Vordringen mit dem Jeep nicht mehr mit Lebensgefahr verbunden sei.

Selbst heute weiss ich noch nicht, wieviele Tage ich brauchte, um an mein Ziel zu gelangen. Ich erinnere mich nur noch an die unglaublichen Hindernisse, die es zu überwinden galt. Drohende Schranken von Dorngewächsen und Bambussträuchern stellten sich mir entgegen, oft musste ich in stundenlanger Arbeit mit dem langen Stockmesser mir erst einen Weg bahnen. Langsam nur rollte mein Gefährt vorwärts, immer wieder von Palmensträuchern oder Anigakraut zurückgehalten. Auch durfte ich den schmalen Dschungelpfad auf keinen Fall verlieren. Das Einsinken in den mit Schilf bewachsenen Sumpfgebieten oder moorigen Seen hätte mir den unabwendbaren Tod gebracht. Den ganzen Tag über brannte die Sonne, und die Wasser begannen zu sinken. Ein fauliger Geruch breitete sich über die Niederung aus, der meinen Widerwillen bis zum Ekel steigerte. Aus den Mooren erhoben sich graue Dünste, und Wolken von Fiebermücken stiegen aus ihren Brutstätten empor.

Trotz aller Widerstände kam ich der gesuchten Stelle langsam näher, Treibstoff und Nahrungsmittel hatte ich glücklicherweise in genügenden Mengen. Meine einzigen Begleiter waren die Geier, die mir in Scharen folgten, um beim Zurückweichen des Wassers ihre nie versiegende Fresslust an den Kadavern ertrunkener Tiere zu befriedigen. Erst hatte ich versucht, diese schwarzen Vögel als grässliche Sinnbilder des Todes und der Verwesung durch Schüsse zu vertreiben. Allmählich gewöhnte ich mich an ihre trägen Bewegungen und duldete schliesslich die Urubús als einzige Lebewesen in dem grünen Kerker von dornigem Buschwerk. Die Estrada wurde allmählich breiter, eine grasüberzogene Lichtung bezeichnete den Ort, wo der Pilot bei seinem Unglücksflug niedergegangen war.

Die zerstörte Maschine lag inmitten eines grossen Fleckens von verbranntem Steppengras. Durch die Explosion der Bezinbehälter waren einzelne Metallteile weit herum fortgeschleudert worden, die Flugzeugtrümmer gaben dem Steppengebiet ein ungewohntes bizarres Aussehen. Schon begannen junge Halme zu spriessen, der Frühlingsregen hatte in der Baixada vielfältiges Leben erweckt. Bald würden auch die mächtig rankenden Sträucher alle Spuren einer fremden Welt für immer einhüllen. Die Mannschaft der Flugwaffe hatte sichtlich ihr Rettungswerk in aller Hast durchführen müssen. Überall lagen noch Gepäckstücke und Effekten der Flugzeuginsassen verstreut umher. Auch diese würden bald unter einer grünen Decke verschwinden.

Am Ende der Lichtung befand sich eine Spur, die durch niedergelegte Halme und geknickte Zweige kenntlich war. Ich folgte diesem flüchtigen Weg, den ein Mensch vor mir in höchster Not durcheilt hatte. Kleiderfetzen und kleine Büschel von schwarzen Haaren hingen an den Dornen. Bald gewahrte ich am Boden die Gestalt einer Frau. Noch ehe ich der Toten ins Gesicht blickte, wusste ich, wen ich gefunden hatte. Es war Margarida, das Mädchen des Jahres.

Niemand kann sich je ausdenken, was die Unglückliche erdulden musste! Ein froher Abschied war vorausgegangen, dann geriet das Flugzeug in die gefährliche Gewitterzone des Tropenregens. Die Windstösse warfen die kleine Maschine hin und her, Wolken und Nebel verhinderten die Sicht. Nach langem Kampf mit den Naturgewalten sah sich der Pilot gezwungen niederzugehen, wobei das Flugzeug aufschlug, in Brand gesetzt und stark beschädigt wurde. Margarida hörte die Schreie der Insassen und rannte ohne alle Besinnung mitten in das Dickicht. Ein unsäglicher Schrecken hatte ihr Leben zerstört.

Für mich bestand keine andere Wahl, ich musste das Mädchen bestatten, ehe die Geier und Schakale kommen würden. Aber eine

Grube genügte nicht, um die Tote zu schützen. Im weiten Umkreis gab es auch keine Steine, die ich über den Körper hätte schichten können. So hüllte ich das Mädchen mit meinem Mantel ein und bedeckte das Gesicht mit der Kapuze. Allen Brennstoff, den ich entbehren konnte, leerte ich über das Bündel und zündete es an. Vor der hoch aufsteigenden Flamme wandte ich mich zuerst ab. Dann aber dachte ich daran, dass die Vorfahren der Verstorbenen das Feuer als Sinnbild der Reinigung angebetet hätten, und das Verbrennen der sterblichen Reste Margaridas wurde für mich zu einem stummen Gottesdienst. Als die Gluten langsam zusammenfielen, holte ich einen Spaten und errichtete mit roter Erde einen kleinen Grabhügel.

In wenigen Tagen hatte ich die Siedlung wieder erreicht, von der ich aufgebrochen war. Nach dem Absinken des Wassers bot der Weg keine allzu grossen Schwierigkeiten mehr, auch war die Estrada offen geblieben. Der Name von Margarida wurde von allen Leuten der Ortschaft erwähnt, und zu meinem lebhaften Staunen wurde ich gewahr, dass man sie als grosse Heldin verehrte. Bei seiner ersten Einvernahme hatte der Pilot auf die Entschlossenheit eines weiblichen Fluggastes hingewiesen, dessen Hilfeleistung er sein Leben verdanke. Auch andere Fluggäste erzählten vom Mut des Mädchens, das die festgeklemmten und teilweise bewusstlosen Fluginsassen aus der brennenden Maschine herausgeholt habe. Bei der Explosion der Benzinbehälter verbrannte dann die Retterin, und die Mannschaft der Flugwaffe konnte ihre Leiche nur mit Mühe bergen. Alles sprach von Margarida und ihrer Tat.

Ich kehrte nach der Stadt zurück und erfuhr, dass der Plan bestand, im Friedhof, wo der Sarg beigesetzt war, ein Denkmal zu errichten. Die Zeitungen brachten in grossen Überschriften die Meldung: «Das Mädchen des Jahres wird zur Heldin der Nation».

Von der unbekannten Begleiterin sprach niemand.

Zu Hause fand ich einen schmeichelhaften Brief unseres Konzerns vor. Man gewährte mir grosszügig einen Urlaub, den ich nie verlangt hatte, mit der Begründung, dass für mein Erholungsbedürfnis angesichts der kürzlichen Unglücksfälle volles Verständnis herrsche. Ich erhielt die Erlaubnis, mehrere Monate auf Kosten des Unternehmens auszusetzen und dann meine Tätigkeit wieder aufzunehmen. Ferner sprach man mir für meine Ideen und Leistungen beim Durchführen des Wettbewerbes die hohe Anerkennung der Geschäftsleitung aus. Der Verlauf des Werbefeldzuges sei trotz der tragischen Ereignisse für die Firma äusserst günstig gewesen. Meiner Menschenkenntnis bei der Auswahl der Kandidatinnen habe das tapfere Verhalten von Margarida ein glänzendes Zeugnis ausgestellt. Der Brief schloss mit meiner Ernennung zum Leiter der gesamten Werbeabteilung.

Zuerst begab ich mich auf den Friedhof und legte am Grabe der Unbekannten einen Kranz nieder. «Für Margarida», stand auf der Schleife. Dann packte ich meine Sachen, und ohne in das Geschäft zurückzukehren, verliess ich die Stadt. Ich habe sie seither nicht mehr betreten und alle Verbindungen mit meinen Bekannten abgebrochen. Wo ich mich befinde und was ich arbeite, geht niemanden etwas an.

Heute lebe ich in einer kleinen Ortschaft tief im Innern des riesigen Landes. Von meiner Arbeit und meinen Lebensverhältnissen will ich lieber schweigen. Aber ich verdiene genügend, dass es mir reicht, jeden Samstag in die Bar zu gehen, um meinen Schnaps zu trinken. Ich setze mich dann an einen entlegenen Tisch und beginne langsam Glas um Glas zu leeren. Man sagt von mir, dass sich immer das Gleiche ereignet. Zuerst bin ich brummig und schelte auf die Gradgewachsenen, auf die Klugen und die Erfolgreichen.

Aber wenn es gegen Mitternacht geht, bin ich vergnügt und beginne mit den Augen zu zwinkern und zu lachen. Dann erhebe ich mein Glas auf all die Unbedeutenden, Unbekannten und Hinkenden, die eines Tags aus Staub und Asche zu Glück und Ruhm emporsteigen.

# Die Botschaft des Quipu

Manuel hatte ein seltsames Lächeln auf den Lippen. Er befand sich im Verwaltungsgebäude der Zuckerfabrik und stand demütig vor dem Verwalter. Wie ein Tropengewitter prasselten die Vorwürfe des Señor auf ihn nieder. Die schmächtige Gestalt des Indio zuckte bei jedem neuen Zornausbruch zusammen und schien vor dem Mächtigen immer kleiner zu werden. Faulheit und Trunksucht wurden ihm vorgeworfen und die unbegründete Abwesenheit während der letzten Wochen als besondere Liederlichkeit bezeichnet. Auf jede Anklage antwortete er mit einem «Si, señor», und die braunen Augen zeigten seine Ergebenheit an.

Da geschah es, dass durch das Fenster ein Strahl der untergehenden Sonne in den nüchternen Raum eindrang, und der Verwalter gewahrte in dem starren Gesicht des Arbeiters jenes merkwürdige Lächeln.

Es ereignete sich nicht das erste Mal, dass Manuel vor den Verwalter gerufen wurde. Die Bewohner der Siedlung waren gewohnt, dass solche Zustände in unregelmässigen Abständen eintraten. Er hatte dann «seine Tage», und es war besser, ihm in dieser Zeit auszuweichen. Die Kinder rannten davon, und die Männer schritten wortlos an ihm vorüber. Der Indio geriet jeweils in schwere Wutausbrüche, schleuderte Steine umher und beschimpfte die Umstehenden. Er begann Worte in der unverständlichen Quechua-Sprache zu lallen. Schliesslich betrank er sich sinnlos und blieb irgendwo am Weg liegen.

La Sociedad war die unumschränkte Herrin des Hochtals. Als äusseres Zeichen ihrer Macht erhoben sich die Steinbauten des Werks inmitten des Gebiets. Die Anlage samt dem modernen Verwaltungsgebäude hatte das Aussehen einer Festung. Alle Männer der Siedlung arbeiteten in der Fabrik oder waren auf den Feldern der Hazienda beschäftigt. Im Verlauf der Zeit war es der Sociedad gelungen, den Talboden bis zu den Berghängen zu erwerben. Der Gesellschaft gehörten die Häuser des Dorfes, sie bezahlte Arzt und Lehrer, die Kaufläden und die Bar wurden von Angestellten des Unternehmens betreut. Jedermann hatte zu gehorchen, auch der Verwalter und die Betriebsleiter. Hinter allem stand der Zweck der Sociedad: Anbau von Zuckerrohr und Gewinnung von Zucker. So war es in der Vergangenheit gewesen und würde auch künftig bleiben.

Manuel fasste einen grossen Stein und warf ihn mit einem Fluch nach einem streunenden Hund.

Ausserhalb der Hazienda, am Rande der Zuckerrohrfelder, befand sich die Behausung des Indio. Es war eine rechtwinklige Hütte, aus rohen mit Lehm gebundenen Steinen erbaut, nach der Art, wie die Eingeborenen des Landes früher die Häuser ihres Tambo errichtet hatten. Manuel schob den buntgewobenen Wollvorhang zur Seite und trat ein. Seitdem sein Weib gestorben war, lebte er hier allein.

Er hockte auf das Lamafell, welches den Boden aus gestampftem Lehm bedeckte. Vor sich hatte er ein Bild hingelegt. Der billige Öldruck stellte den letzten Herrscher des Inkareiches dar, auf erhöhtem Thronsessel, umgeben von seinem Hofstaat. «Atahualpa erhält Kunde von der Landung der weissgesichtigen Fremden», lautete die Erklärung in einer fremden Sprache.

Manuel verstand dies nicht, doch kannte er die Bedeutung der Darstellung.

Er trat zu einer Truhe und entnahm ihr mehrere Tücher. Dann streifte er die Arbeitskleider ab und hüllte sich mit einem Uncu ein, Schulterumhang und Gürtel ergänzten das Gewand. Über den Hocker aus Holz legte er sorgfältig ein Tuch, das die Kriegsfarben des alten Peru enthielt: einen leuchtenden Regenbogen. Schliesslich band er sich die Borla um die Stirne. Mit diesen Zeichen königlicher Würde setzte er sich auf den Thron und verharrte in langem Nachdenken.

An seinem zwölften Geburtstag war es zum ersten Mal geschehen. Kurz zuvor hatte Tucó, der wandernde Indio, die Kinder des

Dorfes um sich versammelt und ihnen wundersame Geschichten aus vergangenen Zeiten erzählt. Manuel hatte gehorcht und gestaunt und war ganz in die Nähe des Alten gesessen, um ja alles genau zu vernehmen. Ganz benommen von dem Gehörten konnte das Kind dann keinen Schlaf finden.

Manuel dachte oft an jenen Geburtstag, an dem er sich entschloss, der Sonne entgegenzugehen. Der Inka war ein Sohn der Sonne, so hatte Tucó erklärt, und alle Nachkommen der Inkafamilie durften dem grossen Feuer unverhüllten Auges entgegenblicken.

In der Nacht vor jenem denkwürdigen Tag erhob sich Manuel von seinem Lager, um das Aufsteigen der Feuerkugel über den Bergen zu erwarten. Auf dem Tisch der Stube bemerkte er die Geburtstagsgaben seiner Mutter, den Maiskuchen mit den zwölf bunten Kugeln. Er blieb eine Weile zaudernd stehen. Noch lag alles im Schlaf, als er sich vor das Haus schlich. Die erste Röte am Horizont zeigte das Aufgehen der Sonne an, und wie unter Zwang begann Manuel den Strahlen entgegenzuschreiten. Er achtete nicht mehr, wohin er trat, das Gesicht hatte er dem Himmel zugewandt. Er sprang, stolperte und richtete sich wieder auf. Seine Augen begannen zu schmerzen, die gelbe Scheibe zeigte Ringe und schwarze Punkte. Schliesslich verschwamm alles zu einem glühenden Nebel, das Stechen in den Augenhöhlen wurde zur höchsten Qual, ehe er das Herrliche erblickte.

Die kleine Gestalt fiel unter Zucken inmitten der Halme nieder, und Stunden später trugen Arbeiter der Hazienda den erstarrten Körper des Kindes in das Haus seines Vaters.

Zum ersten Mal musste sich damals La Sociedad mit Manuel befassen: das unerlaubte Betreten der Felder, die mit den Schossen der Caña angebaut waren, stand unter schwerer Strafe. Man hatte den Kleinen aufgefunden, weil einige Wächter der Spur gefolgt waren, um den Frevler festzustellen. Unverzüglich wurde die Verwaltung benachrichtigt, auch über das Befinden des Knaben, der in todähnlichem Zustand darniederlag. Die Peones der Hazienda wussten zu berichten, dass die jungen Halme am Ende der Spur in weitem Umkreis geknickt waren. Manuel hatte vor seiner Erschöpfung wie rasend um sich geschlagen.

Eine Untersuchung durch den Arzt ergab keinerlei Anhaltspunkte. Weder zeigten sich Bisswunden am Körper, noch trat Fieber ein. Schliesslich begann der Kranke einzelne Wortfetzen zu stammeln. Die Umstehenden blickten den Arzt mit Staunen an: Manuel bediente sich des Quechua-Idioms, der Sprache des alten Inkareiches. In der ganzen Gegend jedoch war die indianische Sprache seit Generationen nicht mehr in Gebrauch und niemandem mehr verständlich.

Der Vorfall beschäftigte die Bewohner der Siedlung noch längere Zeit. Auch dem Verwalter gegenüber blieb der Junge verschlossen. Er liess sich durch die Androhung von Strafmassnahmen nicht zum Sprechen bringen und antwortete stets mit einem gleichmässigen «ich weiss nicht». Mit verbissenem Mund ertrug er die Schläge.

La Sociedad wollte nicht untätig zusehen, wie ein Bewohner der Siedlung aus den festen Regeln trat. So erhielt Alfonso, der Vater, die Weisung, künftig stets auf seinen Sohn aufzupassen. Dem alten Tucó wurde kein Zutritt mehr in das Valle gestattet, da man seinen Erzählungen einen grossen Teil der Schuld an der Verirrung des Kindes zumass. Manuel musste im kommenden Jahr unter den Augen eines Betriebsleiters seine Arbeitstätigkeit in der Fabrik aufnehmen.

Wie in andern Fällen hatte die Verwaltung sich jede Mühe gegeben, um die bestehende Ordnung im Hochtal zu erhalten.

Der junge Arbeiter besass die besten Voraussetzungen, seinen Weg zu machen und ein wertvolles Glied der Gesellschaft zu werden. Nach einigen Jahren wurde ihm das Amt eines Vorarbeiters auf der Hazienda übertragen. Die Gesellschaft hatte seine Zuverlässigkeit und seine Arbeitskraft damit auch äusserlich anerkannt. Von Stufe zu Stufe würde Manuel emporsteigen und schliesslich als erster Aufseher der Fabrikhallen den höchsten Rang innerhalb der Arbeiterschaft erreichen.

Wenn er nur die Höhlen nicht gefunden hätte! Möglicherweise ist die Begebenheit auch so zu verstehen, dass nur ein Mensch von der Art Manuels die Grabstellen entdecken konnte. Der fleissige Arbeiter der Werktage wurde oft von einer quälenden Ungeduld erfasst, sobald er Zeit für sich selber fand. Nur selten ging er zu den Festen des Tales, und selbst die Mädchen fesselten ihn nur in den Zeiten, wenn das Geschlecht seinen Tribut forderte.

Oft streifte er durch die unwegsamen Gebiete der Berghänge, er irrte viele Stunden umher und kehrte mit Unruhe beladen nach Hause zurück. Der Tag, an dem Manuel die kleinen regelmässigen Löcher in der Wand des Kalkfelsens entdeckte, hatte gleich den andern Streifzügen ohne Plan und Ziel begonnen. Nun aber kletterte er das schmale Felsenband hinauf, von einer mächtigen Erwartung geleitet. Hastig schichtete er die Steine weg, welche den Eingang versperrten und trat in die Höhle. Er hatte eine Grabstätte der alten Indios gefunden. Diese pflegten den Brauch, die Toten in sitzender Stellung zu bestatten. Durch Bastseile zusammengehaltene Skelette hockten eng aneineindergereiht auf Steinbänken und blickten den Eindringling mit hohlen Augen an. Ein Hauch von Moder schlug dem Verwegenen entgegen, doch Manuel zögerte keinen Augenblick, in das Totenreich seiner Ahnen einzutreten. Es waren Angehörige des niederen Standes, keine Waffe und kein Schmuck war ihnen in ihr Höhlengrab mitgegeben worden. Der junge Indio betrachtete jeden der Toten und stellte sich Tätigkeit und Wirken dieser vor vielen Jahrhunderten gestorbenen Menschen vor. Dann verliess er rückwärtsschreitend den heiligen Raum.

Seit Stunden schon befand sich Manuel am Sterbelager seines Vaters. Als ältester Sohn hatte er die Pflicht, den Todeskampf des Familienhauptes in ständigem Wachen zu teilen. Er betrachtete immer wieder die eingefallenen Züge des Kranken; schon mehrere Male hatte er geglaubt, das Röcheln zeige ein letztes Lebenszeichen an. Wie sehr hatte er doch früher den Vater gefürchtet, und wie oft war er von ihm bestraft worden! Nun lag der Starke als abgemagerte Gestalt vor ihm, hilflos und ohne Besinnung. Der Vater hatte es bis zum ersten Aufseher gebracht, seine Familie war angesehen und bewohnte ein bevorzugtes Haus neben dem Verwaltungsgebäude.

Manuel betrachtete aufs neue das Gesicht des Sterbenden, und er erkannte die Ähnlichkeit mit den Gesichtern der Mumien, die er in den Nebenräumen der Höhlen gefunden hatte. Auch sein Vater war ein Angehöriger des grossen Volkes. Auf dem erhöhten Kissen lag die Totenmaske eines Inka. Unvermutet gewahrte der Sohn, wie ihn die Augen des Sterbenden anblickten, die zitternden Lippen versuchten etwas zu flüstern. Das Keuchen verstärkte sich, die herausgepressten Worte blieben unverständlich. Der Sohn beugte sein Ohr an den Mund des Vaters, er hatte einzelne Laute der Quechua-Sprache vernommen. Da stiess der Sterbende einen heftigen Seufzer aus und verschied.

Das Verschwinden der Leiche des alten Aufsehers erregte die Leute aufs Höchste. Man konnte sich in der Siedlung nicht erklären, was eigentlich vorgefallen war. Nach altem Brauch hatten die Frauen des Dorfes die Totenwache übernommen. Unter Heulen und Klagen wurde der Tote gewaschen und eingekleidet. Dann brachten die Kinder Blumen, und der Priester spendete die gewohnte Anzahl Kerzen. Die Wächterinnen begannen ihren Zukkerrohrschnaps zu trinken, wie man es seit jeher getan hatte. Dies half den Schmerz zu vergessen und den Totengeruch zu betäuben.

In der Dunkelheit schlich sich Manuel zur Hütte des Vaters. Seine Familie hatte sich zu den Verwandten begeben und das Totenhaus den Klageweibern überlassen. Behutsam trat der junge Mann zu der hintern Seite der Behausung, wo sich das Fensterloch befand. Er spähte in den finstern Raum, der nur von wenigen Kerzen erleuchtet wurde, und sah die Leiche unter einem Hügel von Blumen liegen. Einzig das Gesicht war freigelassen, das Flakkern des Lichtes gab den Zügen ab und zu neues Leben. Ein Dutzend Gestalten sass ringsum am Boden, keine der Berauschten rührte sich. Als Manuel wenige Augenblicke später das Gemach betrat, wurde er von dem starken Geruch beinahe betäubt. Er durfte nicht schwach werden, wenn er seinen Vorsatz ausführen wollte. So griff er entschlossen nach dem Körper, hob ihn auf, legte die Arme des Toten um seinen Hals und schlich sich nach aussen. Dann trat er den beschwerlichen Marsch nach den entlegenen Höhenzügen an.

Seit dem Auffinden der Höhlen war Manuel von dem Gedanken besessen, dass auch sein Vater einmal hier die letzte Ruhestätte finden sollte. Oft hatte er das Reich der Toten aufgesucht und ganze Tage in den weitverzweigten Grabstätten verbracht. Er fand Zugang zu den verschütteten Teilen der hintersten Gänge und entdeckte die höher gelegenen Gewölbe. Manches Mal setzte er sich neben die Mumien, die sich hier befanden und deren Gesichtszüge noch deutlich zu erkennen waren. Die trockene Gebirgsluft und der salpeterhaltige Boden hatten jeden Zerfall verhindert. Stundenlang sass er da und dachte über sein Volk und dessen Sendung nach. Es schien dann, dass auch dieser unbewegliche Körper einem Verstorbenen angehöre.

Am obern Ende der Gruft hatte Manuel schliesslich eine einzelne Nische gefunden, wohl für die Aufnahme eines Fürsten bestimmt. Das Grab war leer, und der junge Indio fasste den Entschluss, hier einmal seinen Vater zu bestatten.

Behutsam legte der Keuchende den Toten auf den Boden der Höhle. Die Mühen der letzten Stunden hatten seine Kräfte beinah überstiegen. Immer höher kletterte er mit der Last auf dem Rücken die Berghänge hinauf, und die dünne Luft benahm ihm den Atem. Aber er erreichte sein Ziel. Es galt, den Vater vor dem Aufgehen der Sonne zu bestatten. Die Nacht begann zu weichen, und in der Ferne zeigte sich die erste Morgenröte, die alten Götter hatten das Vorhaben begünstigt. Manuel schnürte den Körper nach der Art der vorgefundenen Mumien in das Totentuch ein. Dann setzte er den Toten in die Mitte des Fürstengrabes. Als die ersten Sonnenstrahlen durch das kleine Felsenfenster in das Innere des Grabes drangen, warf er sich zu Boden. Da gewahrte er, von der aufgelockerten Erde beinahe verdeckt, einen Quipu.

Zuerst konnte Manuel die Bedeutung seines Fundes nicht erkennen. Er betrachtete erstaunt den wirren Knäuel von verschiedenartigen Schnüren, der sich in einer Schutzhülle befand. Sorgfältig breitete er den Hauptstrang aus und löste das Durcheinander der geknoteten Schnüre. Er hatte einen Quipu des Inkareiches gefunden. Jeder Knoten, jeder Abstand und jede Farbe übertrug einen festen Sinn. Der Inkaherrscher hatte ihm seine Schrift übergeben, und der junge Indio war bereit, diese Botschaft zu empfangen. Die Deutung jedoch würde ihm unendliche Mühen bereiten. Nach dem Eindringen der Fremden ins alte Reich hatten die Christen-Priester alle Knotenschriften vernichtet, und die Quipu-Camayoc waren ausgestorben.

Manuel verwahrte den Fund in seinem Lederbeutel und begab sich in das Tal der Zuckergesellschaft.

La Sociedad betraute den Sohn mit dem Amt seines verstorbenen Vaters. Einen fleissigeren und zuverlässigeren Vorgesetzten konnte sie nicht finden. Auch war er von ruhigem Wesen und bei den Arbeitern allgemein beliebt.

Er bezog das schöne Haus beim Verwaltungsgebäude, und es verging kein Jahr, bis sich der neue Aufseher mit Juana, dem schönsten Mädchen aus dem Hochtal, verheiratete. Fortan vermied er es, nach den Höhlen zu gehen. Die Liebe zu seiner Frau erfüllte ihn und nahm ihm die quälende Unruhe der früheren Zeit. Nur selten und in aller Heimlichkeit betrachtete er die Knotenschrift des Inka. Sie verwirrte ihn jedes Mal und raubte ihm für eine Weile die Sicherheit von Heim und Familie. Da fasste er den Entschluss, den Quipu nie mehr hervorzunehmen, und verwahrte ihn unter einer mächtigen Steinplatte. Wie in seiner Kindheit begab er sich wieder jeden Sonntag zur Messe. Mit Juana lebte er in guter Ehe. Sie nahmen gemeinsam teil an Spiel und Tanz der jungen Leute, und der Aufseher schloss sich seinen Dorfgenossen in freundschaftlicher Weise an.

Nachdem seine Frau schwanger war, wurde Manuel erneut von einer wachsenden Unruhe erfasst. Oft verspürte er ein unwiderstehliches Verlangen, nach den Höhlen zu gehen. Er bekämpfte aber diesen Zwang und blieb im Tal bei Juana.

Nach der Geburt des Kindes suchte die Wehmutter vergeblich nach dem Vater des Neugeborenen. Endlich fanden ihn die Weiber, verborgen hinter einem grossen Felsen. Er kauerte unbeweglich am Boden; mit den Händen hielt er ein Bündel von bunten Schnüren umfasst. Als er die Nachricht von der Geburt eines Sohnes vernommen hatte, ging er wortlos zu seinem Haus und kniete vor seiner jungen Frau nieder. Die Mutter reichte ihm stolz das Kind, doch Manuel blieb stumm. «Ich bin aus dem Geschlecht der Inka, und du hast einen Sohn der Sonne geboren», sagte er unvermittelt in einem ungewohnten, feierlichen Ton. Verständnislos betrachtete Juana ihren Gatten, der die gleichen Worte mehrere Male wiederholte. Da lachte die Frau heraus, als hätte ein Verrückter zu ihr gesprochen, und begann, ihn ob seiner Trunkenheit zu schelten. Manuel entfernte sich ohne eine Entgegnung, die Flasche mit Zuckerrohrschnaps unter dem Arm. Dann ereignete sich zum ersten Mal all das, was die Leute der Siedlung künftig mit dem Ausdruck beschrieben: «Er hat wieder seine Tage».

Jeder besass seinen Platz in der Sociedad, und die Gedanken der Bewohner des Hochtals beschäftigten sich hauptsächlich mit den Ereignissen in der Fabrik und auf den Feldern. Auch die wachsende Familie des Aufsehers gehörte in diese Gemeinschaft, die für Nahrung und Unterkommen ihrer Glieder verantwortlich war. Alle hatten ihren Beitrag zu leisten, und alle hingen vom Gedeihen des Unternehmens ab. Als einmal eine Stockung in der Abnahme von Rohzucker eingetreten war, drohten dem Tal Hunger und Elend. Das hatte sich vor langer Zeit ereignet, und die Gesellschaft war seither immer in der Lage gewesen, genügende Löhne zu bezahlen und auch für Kranke und Alte zu sorgen.

Das Verhältnis der Arbeiter zu ihrem Aufseher war von widersprüchlicher Art. Sein freundliches, hilfsbereites Wesen hatte Manuel allenthalben Zuneigung eingetragen und seine Betrauung mit dem Amt des Aufsehers war in der Siedlung gebilligt worden. Auch schien der junge Mann die anfängliche Zurückhaltung immer mehr abzulegen und den Umgang mit den Arbeitskameraden zu suchen. Die Talleute liessen sich von ihm die alten Tänze wieder lehren, selbst wenn sie seinen Eifer nicht völlig verstehen konnten. Sie hörten seinen Geschichten aus dem Reiche der Sonnenkönige gerne zu, dann aber kehrten sie in die Wirklichkeit ihrer Familien und ihrer Arbeit zurück. Einzelne Unternehmungen Manuels schienen den Dorfgenossen unnötig oder gar sinnlos. Sie lehnten es ab, den Uncu an den Festtagen zu tragen und lachten den Aufseher aus, als er in vollem Ernst den Vorschlag machte, die Bewohner der Siedlung sollten die erloschene Sprache aus der Inkazeit wieder einführen. In vielen Dingen war der junge Indio nicht zu verstehen. Aber es bedurfte eines ganz bestimmten Vorfalls, bis sich die Gesellschaft gezwungen sah, gegen ihren Aufseher einzuschreiten.

Der neunundzwanzigste August war ein Tag wie alle andern. Die Sonne stand schon hoch über der Sierra und warf ihre Strahlen in die schattigen Hänge des Hochtals. Unter mannigfaltigen Windungen führte der Gebirgsfluss sein Wasser durch das Valle, und die grünen Felder dehnten sich an seinen beiden Ufern aus. Auf der Hazienda wurde eifrig gearbeitet, und im Fabrikgebäude zermalmte die Engeno mit breiten Zahnrädern die geschnittenen Zuckerrohre. Plötzlich wurde der gleichmässige Arbeitsgang durch das Heulen der Fabriksirenen unterbrochen. Dies war das Zeichen einer äussersten Gefahr, es drohte Brand oder Wassernot. Erschrocken ob dem ungewohnten Ton eilten die Leute nach der grossen Werkhalle, um hier Anweisung oder Auskunft zu erhalten. Das erregte Gespräch verstummte, als der Aufseher die Arme emporhob und zu sprechen wünschte. Manuel hatte sich auf einen der grossen Bottiche geschwungen, die zur Aufnahme des aus dem Caña gepressten Safts dienten. Er begann in die Versammlung hineinzurufen. Da aber durch die neu Hinzutretenden immer wieder Lärm entstand, konnte er sich nicht verständlich machen. Man hörte einzelne Worte, aber die Arbeiter schüttelten die Köpfe, der Redner bediente sich der Quechua-Sprache. Manuel unterbrach sich und begann von neuem, diesmal allen verständlich. «Indios des Hochtals», schrie er mit krächzender Stimme, «am heutigen Tag wurde der letzte Inka erdrosselt. Lasst uns niederknien und Rache für diesen Frevel schwören.»

Die erstaunte Menge wich vor dem Redner zurück, der den Ausruf wiederholte. Dann sprang er vom Rand des Bottichs hinunter und schritt mit stolzer Gebärde zum Eingang der Halle. Dort warf er sich auf dem Zementboden nieder, das Gesicht der Sonne zugewandt.

Erst verharrten die Arbeiter eine Weile stumm, dann zerstreuten sie sich nach der Hazienda; die Tätigkeit in der Fabrik wurde an diesem Tage nicht wieder aufgenommen. Alle flüsterten, dass der Geist ihres Vorgesetzten umnachtet sei.

In der folgenden Woche ernannte die Gesellschaft den Vorarbeiter Fernando zum neuen Aufseher. Manuel verfiel in wenigen Jahren ganz dem Trunk und fristete schliesslich als Hilfsarbeiter ein armseliges Dasein.

Wieder einmal rätselte Manuel an seinem Quipu herum. Mit tastender Hand strich er dem Hauptstrang nach und löste die einzelnen Fasern aus der Verstrickung. Bei jedem Knoten verharrten seine Finger eine Weile und glitten dann über die bunten Stränge hinweg. Der alte Indio sann vor sich hin und hatte den Eindruck, dass die Knoten des Quipu die Ereignisse seines eigenen Lebens darstellten. Zuerst war da seine Kindheit, Vater, Mutter und die Geschwister. Dann folgte die goldene Faser, die seinen Weg nach der Sonne anzeigte, sein Liebeswerben und die Geburt seiner Kinder konnten in den weiteren Merkmalen der Schrift enthalten sein. Der Verlust seiner Stellung, der Tod seines Weibes, die Ausweisung aus dem Hause, seine Versuche um Verständnis bei den

Dorfgenossen, all dies schien der Quipu-Camayoc in den Strang geknüpft zu haben. Dann folgte eine Reihe von blauen Fasern, die keine Knoten enthielten, es war ein Auflösen in leeren Dunst. Am Ende des Stranges hing noch eine letzte Faser, länger als die andern. Auch diese war von blauer Farbe, enthielt aber mehrere untereinander verschlungene Knoten.

Der zahnlose Mund des Alten begann sich schmerzhaft zu verziehen, und über seine harten Züge rannen Tränen. Alles hatte er verloren, Weib und Kinder, Ansehen und Freunde, nie aber würde er die Botschaft verstehen können.

Langsam schlurfte Manuel zu einer Ecke seiner elenden Hütte, wo sich eine Flasche Zuckerrohrschnaps befand. Er begann zu trinken, allmählich löste sich der Schmerz, und die lindernde Ruhe des Rausches umfing den Einsamen. Noch immer hielt er in seiner Hand die Knotenschrift. Da schrie der Trunkene plötzlich auf und schleuderte mit Entsetzen das verschlungene Bündel von sich.

Dr. Joaquim Alvares, Sekretär der Verwaltung, studierte das vor ihm liegende Aktenbündel mit Sorgfalt. Wieder einmal beschäftigte ihn der Fall des Hilfsarbeiters Manuel. Klagen über das Verhalten dieses unbotmässigen und abwegigen Menschen waren bei der Gesellschaft schon vor Jahrzehnten eingereicht worden. In der letzten Zeit aber häuften sich die Beschwerden in beängstigender Weise; der alte Indio erschien kaum mehr zur Arbeit, betrank sich ständig und bedrohte die Leute, die sich ihm näherten. Manuel hatte «seine Tage» beinahe ununterbrochen. Der Sekretär verwünschte die ganze Angelegenheit, was sollte er mit diesem Trunksüchtigen anfangen, den er schon seit seiner Kindheit kannte? Ein Verbrecher war der Sonderling nicht, und in einer Irrenanstalt des Landes wollte er einen Angehörigen der Siedlung nicht unterbringen lassen. Dem Krämer des Valles hatte er seit langem nachdrücklich verboten, Schnaps an den Indio zu verkaufen, aber irgendwie wusste sich dieser immer wieder solchen zu verschaffen. Es war möglich, dass er aus gestohlenem Zuckerrohr das begehrte Getränk selbst braute.

Immer mehr begannen die Arbeiter der Gesellschaft den Alten zu verabscheuen. Wenn er mit seinem unverständlichen Lallen durch die Strasse torkelte, wurde er mit Flüchen und Verwünschungen empfangen. Eine seit Jahrzehnten nicht mehr erlebte Trockenheit hatte zudem starke Spannungen unter den Leuten der Sociedad erzeugt. Seit Wochen wurde der Regen erwartet, die Ernte drohte allmählich zugrunde zu gehen. Der Ertrag eines ganzen Jahres hing von der notwendigen Wasserzufuhr ab.

Aber jeden Morgen stieg die Sonne mit rotem Schein über den Berghängen auf und drohte das grüne Leben des Tales zu versengen. Manuel konnte von den Wächtern der Hazienda beobachtet werden, wenn er in der Frühe das Aufsteigen des Feuerballes am Himmel mit ehrfürchtiger Verneigung erwartete. Ihr anfänglicher Unmut ob solch unsinnigem Tun steigerte sich zu Erbitterung und Zorn. «Bitte endlich für Regen», schrien sie der zusammengekauerten Gestalt zu, aber der Alte blieb ohne jede Entgegnung mit gesenktem Haupte.

Auch in den kommenden Wochen hielt die mörderische Hitze an, und das Hochtal verwandelte sich in eine Wüstensteppe. Zu allem Unglück brannten am gleichen Tag zwei Hütten der Wächter nieder. Holz und Stroh dieser Behausungen waren Zunder geworden. Nur mit Mühe liess sich ein Übergreifen der Flammen auf die dürren Stauden der Felder verhindern. In einer der Hütten verbrannten die beiden jüngsten Kinder der Familie. Die Wut der Dorfgenossen über Trockenheit, Ernteverlust und Feuerbrand kannte keine Grenzen mehr. Wer zuerst den Namen «Manuel» aussprach, ist ohne Bedeutung. «Schlagt ihn tot», schrien sie einander zu, und bei einbrechender Dunkelheit wälzte sich ein Haufen erregter Siedler durch die Hazienda, der Hütte des Alten entgegen.

Der Indio hörte durch die Nacht ein Stimmengewirr, das sich seiner Behausung näherte. Einzelne Rufe liessen ihn über die Absicht der Menge nicht im Zweifel. Das Ende seines Lebens schien herangekommen zu sein.

Er verharrte regungslos auf seinem Sitz, nur die Finger tasteten über den Quipu zum letzten Knoten der unlesbaren Schrift. Dieser Knoten konnte nur für ihn persönlich bestimmt sein. Noch hatte er den Auftrag des Inka nicht ausgeführt. Doch er musste bereit sein, Sinn und Deutung dieser Botschaft zu erkennen und danach zu handeln. Rasch erhob er sich und enteilte in das Dunkel der Berge, in den Händen trug er den Knäuel und die Schnapsflasche. Bald verkündete ein rötlicher Schein, dass die ergrimmte Menge die Hütte am Ende der Siedlung in Brand gesteckt hatte.

In der gleichen Nacht noch setzte die Regenzeit mit einem so heftigen Gewitter ein, als wollte der Himmel in wenigen Stunden das Versäumnis vieler Monate nachholen. Längst schon waren die Bewohner des Valles nach ihren Behausungen zurückgekehrt, in zwiefacher Beziehung befriedigt. Der unbequeme Störenfried war verjagt, und die Natur gewährte ihnen wieder das unentbehrliche Wasser. Der Fluss des Hochtals begann sein breites Bett zu füllen, doch bestand nach einem unbekannten Naturgesetz die Gewissheit, dass er nie über die Uferböschung treten würde. Ringsum rauschte der Regen, die trockenen Pflanzen tranken begierig die niederprasselnden Tropfen.

Manuel stieg durch das tobende Unwetter bergan nach einem unbekannten Ziel. Er hatte keinen anderen Gedanken mehr, als sich möglichst weit von der Siedlung zu entfernen. Er strebte weg von diesen Menschen, die ihn nie verstehen wollten und ihm nur Böses zugefügt hatten. Blitz und Donner schreckten ihn nicht, nur die Windstösse benahmen ihm zeitweise den Atem. Schliesslich setzte er sich unter einen überhängenden Felsblock, der ihm Schutz vor den peitschenden Regenschauern gewährte. Wie ein Tier rollte er sich zusammen, damit ihn die Kälte der Höhe im Schlaf nicht störe.

Als er am nächsten Morgen erwachte, war der Horizont von

tiefliegenden Wolken verhängt, und bald begannen die schweren Tropfen eines neuen Tropengewitters niederzuprasseln. Der Indio spürte Hunger. In der kleinen Höhlung fand sich jedoch nichts Essbares. Einige Züge aus der Flasche wärmten ihn und gaben ihm die Kraft, weiter hinaufzusteigen. Er dachte eine kurze Zeit daran, die Grabeshöhlen aufzusuchen, die er seit seiner Familiengründung nie mehr betreten hatte. Dann verwarf er diesen Gedanken und kletterte weiter empor.

Seit mehr als einer Woche regnete es unaufhörlich. Ein Gewitter löste nach kurzem Unterbruch das andere ab, und von den Höhenzügen strömten reissende Bäche nieder. Selbst die ältesten Bewohner der Siedlung erinnerten sich nicht daran, je eine so heftige Regenzeit erlebt zu haben. Der breite Fluss des Hochtals führte Erdmassen und Felssteine mit sich, aber er trat nicht über die Ufer. Er hatte Ursprung und Zuflüsse in den fernen Gebirgsketten und musste nach einer bestimmten Gesetzmässigkeit die Mengen seines Wasser in jenen Quellgebieten ausgleichen. Nach einer fast vergessenen Überlieferung hatten in alten Zeiten die Wildwasser das Tal einige Male überflutet und der Bevölkerung ein nasses Grab bereitet. Die Sage wusste von grossen Verbauungen der Inka zu berichten, welche die Gefahr für immer bannten.

Der unaufhörliche Regen erfüllte die Dorfbewohner schliesslich mit Sorge, und die Frage nach der Wahrheit der Sage lebte auf. Gewaltige Wassermassen mussten sich hinter den Höhenzügen angesammelt haben, und niemand wusste den Grund, der sie seit Jahrhunderten hinderte, auf das Tal niederzustürzen.

Der alte Indio war nur noch von dem einen Gedanken besessen: hinaufzusteigen zu der hohen Felsenzinne, die sich beim Sonnenaufgang zuerst rötete. Nebeldecken nahmen ihm die Sicht, und die Hänge wurden steil und glitschig. Manuel hatte die Tage nicht gezählt, seit er unterwegs war. Früchte der Zwergsträucher und Knollen der Kugelkakteen bildeten seine Nahrung. Unter Steinen fand er dürftige Schlafstellen. Längst schon hatte er die hochgelegenen Nadelwälder hinter sich gelassen, und kärgliche Flechtenmoose zeigten letztes Leben in der steinernen Gebirgswüste an. Mit grosser Mühe begann er, einen zerklüfteten Steinhang zu erklettern. Die jagenden Nebelfetzen liessen die Felsenzinne undeutlich durchblicken. Kriechend erstieg er den obersten Grat, sich Stück um Stück emporkämpfend. Endlich hatte er das Felsenband erreicht und setzte sich keuchend auf einen flachen Stein.

Auf der andern Bergseite senkte sich der Höhenkamm hinunter in ein unbekanntes Land. Die weissen Nebelschleier wurden durch starke Windstösse auseinandergerissen, und Manuel erblickte zu seinen Füssen eine graue Wasserfläche, die sich in weiten Fernen verlor. Ein gewaltiger See dehnte sich aus, gespiesen von hundert kleinen Wasserfällen der umgebenden Höhenzüge. Es musste gegen Morgen gehen, denn durch die Wolkendecke drang die erste Röte der aufgehenden Sonne.

Die Sage war Wirklichkeit! Die Herrscher des alten Reiches hatten durch weitverzweigte Verbauungen dem Hochtal eine nieversiegende Wasserzufuhr ermöglicht und zugleich Schutz vor Hochwasser gegeben. Der Indio versuchte die Anlage zu überblicken und gewahrte die in den Felsen eingehauene Abflussöffnung und die künstlich eingefügte Stauwand. Zugleich erkannte er auch, dass wohl noch nie seit Erstellung des Werks der aus Felsenblöcken gebildeten Mauer solche Gefahr drohte einzustürzen. Die Wogen des Sees hatten den oberen Rand beinahe erreicht, und einzelne Steine begannen sich aus der Umfassung zu lösen. Nur wenige Stunden noch konnte der Damm halten, dann mussten die zuströmenden Wassermengen ihn eindrücken und mit zerstörender Wucht zu Tale stürzen. Voll Staunen gewahrte der Alte, dass die Baumeister der Inkazeit eine solche Möglichkeit in ihre Planung einbezogen hatten. Ein Ausflusskanal in einer Seitenschlucht war tiefer unten angelegt worden, bestimmt, die ansteigenden Wasser abzuleiten. Doch der Mechanismus der runden Steine, während Jahrhunderten nicht gebraucht, versagte seine Tätigkeit.

Beinah geniesserisch breitete Manuel die ihm verbliebenen Zeichen der Inkaherrlichkeit vor sich aus. Borla und Throntuch waren bei der Flucht verloren gegangen, nur Mantel und Schulterumhang hatten ihn begleitet. Diesen Leibrock, nun zerfetzt und voller Schmutz, zog er an und verneigte sich gegen das Licht der aufgehenden Sonne. Einzelne Strahlen vermochten die Wolken zu durchdringen. Am Himmel erschien ein Regenbogen, das leuchtende Kriegszeichen des Reiches. Der Inka selbst hatte dem alten Indio endlich Macht verliehen. Liebkosend strichen die zitternden Finger über die blauen Fasern des Quipu. Wolken, Wind und Wasser waren mit ihm im Bunde und gaben dem Schwachen die Kraft der Naturgewalten. Er konnte nun alles vernichten: La Sociedad, die Zuckerfabrik, die Hazienda. Sie sollten alle ertrinken: der Verwalter, der Aufseher, die Taglöhner, alle, alle ...

Der Indio begann die alten Kriegslieder seines Volkes zu singen. Dann setzte er mit Rufen und Klatschen zu den Sprüngen der jungen Krieger an und vollendete den Tanz mit dem Wirbel des blutigen Sieges. Die kriegerischen Rufe des Alten wurden schwächer und schwächer, nur sein greuliches Lachen übertönte das Tosen der Wellen.

Nach seinem wilden Taumel war er erschöpft niedergesunken. Die eisige Kälte weckte ihn nach einer Weile aus seinem Schlaf wieder auf; vielleicht hatte er diese Zeit auch nur in tiefer Versunkenheit verbracht. Inzwischen war das Wasser weiter angestiegen, die obersten Wellen überfluteten bereits den Rand des Dammes. Manuel hielt die letzte Faser des Quipu umklammert, der vielfach geknüpfte Knoten bohrte sich schmerzhaft in die Haut von Daumen und Zeigfinger. Gegen den eigenen Willen verstand er nun. Gebieterisch erteilte der Inka seinen Befehl, die leeren Fasern hatten aufgehört. Die Botschaft enthielt an ihrem Ende die unbedingte Aufforderung zu einer Tat.

Ohne Hast stieg Manuel die seitliche Wand hinunter, und nach mühseligen Versuchen gelang es ihm, den Mechanismus der Rundsteine zu betätigen. Er flüchtete hinauf und beobachtete die mächtig anwachsende Flut, welche mit Getöse die gefährlichen Wassermassen in die Schlucht abführte.

Dann setzte er sich bewegungslos nieder, nachdem er den Quipu um seinen Leib geschnürt hatte.

Von diesem Sitz erhob sich Manuel nie mehr. Ob er an Erschöpfung, an Fieber oder nach einigen Tagen an Hunger starb, weiss man nicht. Kein Arzt hat darüber je befunden. Der Frühlingsregen schwemmte den Körper vom Felsengrat hinunter, und das Wasser des Flusses brachte ihn zu Tal.

Die Leute der Siedlung konnten die Leiche nur mit Mühe erkennen. La Sociedad kümmerte sich nicht um den Toten, zu lange hatte der Alte jede Pflicht versäumt. Auch der Priester verweigerte ein Begräbnis auf dem Friedhof der Christen. So wurde der Indio ausserhalb der Hazienda in der Nähe seiner abgebrannten Hütte verscharrt.

Die Knotenschrift gelangte durch Vermittlung der Verwaltung in das Museum der Hauptstadt, wo der Direktor sogleich erkannte, dass es sich um ein wertvolles Zeugnis aus der Inkazeit handeln musste. Mit der Deutung des Quipu wurde ein Gelehrter beauftragt, der durch seine Forschungen ein weltweites Ansehen genoss.

Besucher des Nationalmuseums bewundern oft im grossen Saal einen besonders schönen Quipu. Er ist auf rotem Samt ausgebreitet und besitzt einen eigenen Glaskasten.

Eine Inschrift gibt Kunde über den Fundort im hochgelegenen Valle und hält das Jahr des Fundes fest. Die Erklärung schliesst mit folgenden Worten: «Anordnung und Material lassen mit Sicherheit schliessen, dass die Knotenschrift vom persönlichen Camayoc des letzten Inka geknüpft wurde. Bemerkenswert ist das Fehlen von Knoten in den letzten Fasern, da keiner der übrigen Funde dieses Merkmal aufweist. — Es ist nicht gelungen, den Quipu auch nur im geringsten zu deuten.»

Diese Geschichten sind genau dort angesiedelt, wo der engagierte Aussenstehende lernt, das Wesen und die Seele des Indios zu suchen und so weit als möglich zu begreifen.
Armin Bollinger hat die Begegnung des heutigen Europäers mit dem Indio, seiner Lebensweise und vor allem seinen Mythen gestaltet. Ohne Sentimentalität der einen oder andern Art, jedoch mit grossem Verständnis, in einer Sprache, die ohne Schnörkel das Wesentliche und das Geheimnisvolle vermittelt.
Unter dem Titel «Der Ruf des Kirima» sind einige der Erzählungen 1966 zum erstenmal erschienen. Der Autor hat in den neusten Geschichten, «Auf den Gräberfeldern von Paracas» und vor allem in der grossen Titelgeschichte «El Curandero» (Der Wunderheiler), eine eigene Form der Sach-Erzählung gefunden.

Als Lateinamerikaspezialist und bester Kenner altamerikanischer Kultur gibt Armin Bollinger hier eine intensive, klare Einführung in die Welt der Indios und des Inka-Reiches bis zur Eroberung durch die Spanier.
Ursprung, Einwanderung, Entwicklung des Ackerbaus, Bewässerungsanlagen; was bedeuten Begriffe wie Chavín, Mochica, Tiahuanaco, Paracas oder Nazca? Das Königreich der Chimú, das Imperium der Inka mit seiner scheinbar gegensätzlichen Struktur von Königreich und Sozialstaat: die Keramik, die Sonnenkulte und der Mondgott, die Ahnenverehrung, die Götter und Dämonen von San Agustín in Kolumbien, die Geisteskraft der Chibcha, die Sage vom El Dorado, der Alltag, die Krankheiten, die Wunderheiler (Curanderos) — das sind einige der Themen, die zu einem kompetenten Bild über die so wichtige Epoche und Kultur des südlichen Amerika führen.
Für die einen Einstieg, für andere Rekapitulation und Übersicht — die «Einführung in die Welt der Indios» ist in seiner Art ein Standardwerk.

Nach der Geschichte Gross-Perus («Einführung in die Welt der Indios») ein zweiter grosser Kulturkreis: Alt-Mexiko. In übersichtlichen Kapiteln gibt Armin Bollinger Einblick in eine vielfältige Welt von Völkern, deren Nachfahren heute in mancher Hinsicht von sich reden machen.
Und wer waren diese Völker? Was bedeuten La Venta, Teotihuacan, Tollan, Tenochtitlan?
Wie war das mit den Menschenopfern, mit den Staatswesen, mit dem Alltag? Warum brach das Königreich Moctezumas zusammen, wer war Hernán Cortéz? Was bedeuten die «Heiligen Bücher» für Mexiko und für uns?

In Vorbereitung:
**Die Maya**

## *Verlag Im Waldgut*

Arnold Keyserling
**Vom Eigensinn zum Lebenssinn**
Neue Wege der ganzheitlichen Pädagogik

Fritz Berger
**Erde Menschen Bäume**
Praktische Entwickslungshilfe
Die Hügelentwicklung in Nepal

Armin Bollinger
**El Curandero**
und andere Geschichten aus Südamerika

Armin Bollinger
**Drei Körner von gelbem Mais**
Geschichten aus Südamerika

## *Die Reihe im Waldgut*

1 Armin Bollinger
**Einführung in die Welt der Indios: Die Inka**

2 Bernhard Schaer
**Für ein planetarisches Mandala**
Über die Gemeinsamkeiten der Schöpfungsmythen, Daseinsphilosophien und Todesvorstellungen; über deren heutigen Nutzen oder: Das Leben ist unsterblich

3 Adolf Muschg
**Die Tücke des verbesserten Objekts**

4 Armin Bollinger
**Die Indiovölker Alt-Mexikos**

5 Shichiro Fukazawa
**Schwierigkeiten beim Verständnis der Narayama-Lieder**
Erzählung

6 Arnold Keyserling
**Der Körper ist nicht das Grab der Seele, sondern das Abenteuer des Bewusstseins**

7 Armin Bollinger
**Die Maya**

Bitte verlangen Sie das Gesamtverzeichnis
Verlag Im Waldgut, Postfach 108, CH-8636 Wald